L'ACCIDENT

LES ROMANS NOIRS DE FRÉDÉRIC DARD *

DU PLOMB POUR CES DEMOISELLES (Pocket – novembre 2013)
LES SALAUDS VONT EN ENFER (Fleuve Noir)
DÉLIVREZ-NOUS DU MAL (Pocket)
LES BRAS DE LA NUIT (Pocket)
LE BOURREAU PLEURE (Fleuve Noir)
CETTE MORT DONT TU PARLAIS
ON N'EN MEURT PAS
LE PAIN DES FOSSOYEURS (Fleuve Noir)
C'EST TOI LE VENIN (Fleuve Noir)
DES YEUX POUR PLEURER
MA SALE PEAU BLANCHE
UNE GUEULE COMME LA MIENNE (Pocket – mai 2013)
LE TUEUR TRISTE
TOI QUI VIVAIS
COMA
LES SCÉLÉRATS (Fleuve Noir)
RENDEZ-VOUS CHEZ UN LÂCHE (Pocket – septembre 2013)
LA DYNAMITE EST BONNE À BOIRE
LES MARIOLLES (Pocket)
PUISQUE LES OISEAUX MEURENT (Fleuve Noir)
L'ACCIDENT (Pocket)
LE MONTE-CHARGE (Fleuve Noir)
LE CAUCHEMAR DE L'AUBE (Pocket – février 2013)
LE CAHIER D'ABSENCE
L'HOMME DE L'AVENUE
LA PELOUSE (Fleuve Noir)
QUELQU'UN MARCHAIT SUR MA TOMBE
REFAIRE SA VIE
UNE SECONDE DE TOUTE BEAUTÉ

* *Les titres figurant en gras sont aujourd'hui disponibles.*
Les autres le seront prochainement chez Pocket.

FRÉDÉRIC DARD

L'ACCIDENT

POCKET

MIXTE
Papier issu de sources responsables
FSC® C003309

Pocket, une marque d'Univers Poche, est un éditeur qui s'engage pour la préservation de son environnement et qui utilise du papier fabriqué à partir de bois provenant de forêts gérées de manière responsable.

ISBN : 978-2-266-22662-2

À Marcelle JAUREGUY
et à tous mes amis « pédagos » ces sombres variations sur leur noble profession.

F. D.

Monsieur le Juge d'Instruction Montjarault
Palais de Justice de Privas (Ardèche)

Monsieur le Juge,

L'autre jour, dans votre cabinet, vous m'avez posé beaucoup de questions auxquelles j'ai fait des réponses évasives et, je l'avoue, réticentes.

Ce qui me gênait, outre votre vieux greffier, c'était la sécheresse de votre interrogatoire. L'affaire que vous instruisez est une affaire passionnelle et pour bien la juger, il convient de la retracer minutieusement.

C'est pourquoi j'ai pris la décision de vous écrire ce qui va suivre. Je n'omettrai aucun détail, je dirai toute la vérité et j'espère, ce faisant, que vous pourrez prendre les mesures exactes du drame.

Ce préambule étant fait, je me permets, Monsieur le Juge, de porter à votre connaissance les faits suivants:

CHAPITRE PREMIER

Je pensais qu'il serait venu m'attendre, mais il n'y avait personne à la gare lorsque je suis descendue de l'autorail. La salle d'attente, avec sa bascule, ses bancs de bois et ses affiches décollées avait un aspect plutôt sinistre. Un employé négligé comptait des colis qu'il malmenait durement sous le regard indifférent d'un vieux bonhomme assis entre deux valises de carton.

À travers les vitres des guichets, j'apercevais le morne bureau du chef de gare dans lequel crépitaient des sonneries ferroviaires. Tout cela me parut infiniment désenchanté. Une espèce de renoncement général était ambiant et j'avais la désagréable impression de me diluer dans cet univers brunâtre et poisseux.

J'étais l'unique voyageur à descendre ici et personne ne songeait à me réclamer mon billet qui, curieusement, accentuait ma détresse.

J'avais téléphoné la veille à l'école de Glunois pour annoncer mon arrivée. Comme la gare était distante de quatre kilomètres (aux dires de Michelin), j'espérais que mon collègue viendrait m'y chercher. Une voix de femme m'avait répondu. Une voix appliquée et douce, un peu trop onctueuse de personne timide.

— Allô, j'écoute…

— Je suis l'institutrice suppléante, Madame, et je vous informe…

La femme avait dû presser l'appareil contre elle, mais sans l'obstruer complètement puisque je l'avais entendue lancer à quelqu'un : « Julien ! C'est la nouvelle ! »

« La nouvelle » s'était imaginé qu'il suffisait de dire : « J'arriverai par le train de dix-huit heures douze » pour que « Julien » vînt la chercher.

La voie ferrée bordait une esplanade assez vaste où stationnaient quelques voitures. Entre deux platanes végétatifs, aux feuillages noircis par la fumée des trains, se dressait un stand de tir forain, fermé pour le moment. Sur son volet ondulé, une main inexpérimentée avait peint *Au casse-pipe* en lettres blanches cernées de rouge.

Aucune des voitures parquées sur le terre-plein ne m'étant destinée, je me mis à marcher en traînant ma grosse valise.

Il faisait un vrai temps de rentrée scolaire. La journée s'achevait doucement dans du gris et du mouillé. Je me sentais plus que triste : désespérée.

J'avais beau fouiller en moi, je n'arrivais pas à me rappeler un instant plus pénible de ma vie. Toute mon existence s'était réfugiée dans ma valise de cuir et je la charriais misérablement, le long d'une route bête qui serpentait sans grâce à travers une contrée que j'étais décidée à haïr.

Cette route n'avait pas l'air de monter, mais quand au bout d'un certain temps je me suis arrêtée pour souffler, j'ai eu la surprise de voir l'agglomération très en contrebas. La gare, embellie par la perspective plongeante, ressemblait à une maquette égayée par ses signaux lumineux.

J'aperçus une borne au bout de la route, narquoisement fichée dans un virage. Le kilomètre-piéton est le plus réel de tous les kilomètres. C'est lui qui conserve à notre planète tout son prestige. Il faut aller à pied, d'une borne à une autre borne, en coltinant une valise, si l'on veut comprendre à quel point quarante mille kilomètres constituent un tour de taille important.

Glunois : trois kilomètres.

Ensuite il y eut des arbres, des vallons…

Une rivière bordée de saules vagabondait au fond des prés roussis par l'été.

Glunois : deux kilomètres.

C'était le bled. Un bled où il devait faire bon dételer sa caravane pour une nuit, mais qui devait rendre neurasthéniques ceux qui s'attardaient après septembre sans y être nés.

Glunois : un kilomètre.

J'apercevais le village, au-dessus de moi. Le clocher de l'église, sommé d'un coq immobile, accrochait les souvenirs de soleil épars dans l'air mouillé où s'enlisaient des bruits ruraux.

Je me suis arrêtée pour contempler le décor de ma nouvelle vie.

Alors, une espèce de peur lente et froide m'a prise. J'eus envie de redescendre vers les autorails rouges qui m'avaient jetée dans ce lieu oublié.

Si au moins « Julien » était venu m'attendre ! J'essayais de l'imaginer : un instituteur rondouillard et bavard, pédago au-delà de toutes mesures, confit dans la paix grise de sa campagne, conscient et fier de ses responsabilités.

À l'entrée du pays il y avait un garage flanqué d'une vieille colonne d'essence à main. Quelques autos démantelées lui servaient d'enseigne. Une alignée de maisons de pierres aux toits massifs se succédaient ensuite jusqu'à la place du pays qui se trouvait être simultanément celle de l'Église et de la Mairie. Au centre de l'esplanade, s'élevait naturellement le monument aux morts et son poilu de faux bronze dont les basques de la capote ressemblaient aux deux ailes croisées d'un canard.

L'église était à gauche, la mairie à droite. Entre les deux il y avait le bureau de postes et un café-restaurant tenu par un patron vraisemblablement républicain puisqu'il avait opté et baptisé son établissement *Café de la Mairie.*

Tout cela était d'un conventionnel écœurant.

« Ma petite Françoise, ai-je songé, te voilà en plein chez les gus… »

Depuis que j'arpentais la rue principale (parce qu'unique) du village, je sentais frémir les rideaux des fenêtres.

On m'observait. On devinait qui j'étais et on essayait déjà de me juger. Quand je me retournais, je voyais disparaître précipitamment des silhouettes penchées aux fenêtres comme des mécaniciens de locomotive scrutant la voie.

J'avais envie de leur tirer la langue. Un gamin roux et niais, tout en bras, me dévisageait avec une tranquille impudeur depuis la barrière cernant le monument aux morts.

Il s'y était juché à califourchon, et cette position n'atténuait pas sa ressemblance avec un singe.

J'ai posé ma valise dans la poussière blanche de la place. Il n'y a plus que dans les pays reculés qu'on trouve encore de la poussière blanche sur les routes.

— Où est l'école ?

Il est resté un instant muet, frappé de stupeur parce

que je lui adressais la parole. J'allais répéter ma question afin de brusquer son entendement lorsque je m'aperçus que j'avais devant moi l'idiot – ou l'un des idiots – du village. Il est descendu de son perchoir et s'est éloigné à reculons, comme s'il s'attendait à me voir enfourcher un balai et bondir dans le crépuscule.

Sur la route, un homme vêtu de velours passait avec un attelage bizarre. Son cheval panard traînait un immense tonneau monté sur roues qui dégageait une forte odeur de vinasse. Les cercles de fer des roues crissaient sur les pierres.

— Je vous demande pardon, Monsieur : l'école, s'il vous plaît ?

L'homme avait le visage barré d'une énorme moustache rousse qui paraissait postiche tant elle était raide et fournie. Tout le monde était donc rouquin dans cette région ?

— En haut !

Il a pressé le pas pour rattraper son cheval qui ne s'était pas arrêté. J'ai continué ma route. La maudite valise m'avait arraché les bras. Sentant le regard de l'homme aux moustaches, je me suis retournée et je l'ai vu en conversation avec des gens.

Le groupe me regardait sournoisement tandis que le gros cheval piaffait lourdement, la tête basse et dodelinante, chaviré peut-être par les remugles de cuve qu'il charriait.

Au bout du pays l'école m'apparut. Elle ressemblait plus à une forteresse qu'à un bâtiment scolaire. Dans les villes il est des lycées moins vastes que l'école communale de Glunois. Elle était érigée en pierres plates, comme toutes les constructions du pays.

Elle comportait des étages et les fenêtres étaient

immenses. Des carreaux manquaient à une bonne moitié d'entre elles...

J'ai poussé le portail grinçant et ce qui m'accueillit en premier ce fut cette odeur émouvante, âcre, unique, des écoles communales. Malgré les grandes vacances qui l'avaient mise en veilleuse, elle sentait avec la même véhémence la craie, l'encre, la blouse, le papier moisi et l'urine mal écoulée.

Après avoir contourné la bâtisse, j'ai débouché dans une vaste cour limitée par le préau, les cabinets et un potager dans lequel on avait mis à sécher du linge modeste.

Au milieu de la cour, un homme, que je ne voyais que de dos, lavait une 2 CV bleue. En entendant mon pas il s'est retourné et j'ai pu constater que « Julien » ne correspondait pas du tout à l'idée que je me faisais de lui.

C'était un grand type maigre, d'une quarantaine d'années, au visage anguleux. Il avait essayé de corriger le style Bernard Buffet de ses traits en se laissant pousser le collier. Mais sa barbe sombre, ses cheveux épais, mal peignés contribuaient à l'étirement de son visage. Il avait un regard noir et brillant sommé de sourcils aussi broussailleux que sa tignasse.

Il était vêtu d'une chemise bleue rapiécée et d'un pantalon de coutil noir, et il avait les pieds nus dans des sandales trop larges.

J'évoquais mon cheminement de bête de somme au long de cette route montante. Pendant que je la gravissais, M. le Directeur astiquait sa 2 CV ! On ne pouvait se montrer plus accueillant !

Il me regardait venir sans broncher. Aucun sourire n'égayait son visage sinistre d'acteur de province jouant le Christ au Golgotha.

Lorsque je fus à un mètre de lui, il tordit sa grosse éponge au-dessus de son seau dans lequel moussait un produit détergent. Puis il hocha vaguement la tête, et ayant posé son éponge sur le capot de l'auto, s'essuya les mains en les frottant sur ses hanches.

— Bonjour, fit-il d'une voix neutre. Vous avez fait bon voyage ?

— Fatigant sur la fin, dis-je froidement en posant ostensiblement ma valise entre nous.

Il la regarda, s'intéressa aux étiquettes qui la constellaient et se décida enfin à me tendre une main humide, que l'emploi abusif du Mir semblait avoir décomposée.

— Julien Avène.

Il avait un très léger accent méridional. Il devait être natif de cette contrée.

— Françoise Cassel.

Ayant achevé d'examiner ma valise luxueuse qui trahissait un passé confortable, il s'intéressa à ma toilette. Visiblement il la réprouvait. J'étais beaucoup trop chic pour venir enseigner l'alphabet aux demeurés de son village. Le col d'astrakan de mon tailleur, surtout, le tourmentait. Il n'avait pas attaché d'importance à mes chaussures, lesquelles sortaient cependant de chez un grand bottier, et il avait à peine tiqué sur la coupe de mon tailleur. Mais la fourrure le vexait. L'astrakan impressionne toujours les gens modestes, quand bien même vous n'en arborez que quatre-vingts centimètres carrés.

— C'est votre premier poste ? demanda-t-il.

Je me sentis rougir.

— Oui.

— Ça va être gai !

Jusqu'ici je le tenais pour un homme peu galant,

mais à partir de cette réflexion, je le rangeai d'office dans la catégorie des mufles.

— Ça revient à dire que pendant un certain temps je vais me taper pratiquement les deux classes, quoi !

Je créai aussitôt une classification nouvelle à son intention : celle des super-mufles.

— Vous avez quel âge ?

Il ne lui restait plus qu'à demander si j'étais encore vierge et, en quatre répliques, il aurait atteint les limites de l'indiscrétion.

— Dix-neuf ans, et vous ? rétorquai-je.

Il pâlit et son regard se coagula. Je vis nettement tomber les commissures de ses lèvres.

— Vous venez de la ville ? murmura-t-il enfin, comme s'il eût trouvé brusquement la source de tous mes travers…

— J'ai fait mes études à Paris, oui.

Son regard revint se perdre dans les bouclettes de mon col d'astrakan.

— Qu'est-ce qui vous a pris d'entrer dans l'enseignement ?

— J'ai eu brusquement besoin de gagner ma vie, j'avais ma première partie de bac…

Je vis qu'en parfait primaire il méprisait plus encore mon demi-bac que mon col de fourrure.

— Et le B.S. ? exulta Avène.

— Je l'ai passé en juillet.

Il se radoucit quelque peu.

— Ça a marché ?

— J'ai eu des ennuis à l'oral avec l'Unité italienne, mais dans l'ensemble ça a collé.

À cet instant il leva les yeux en direction du premier étage. Je suivis son regard et j'aperçus une femme à cheveux blancs dans l'encadrement de la croisée.

— Votre mère ? demandai-je.

— Non, ma femme, grommela-t-il.

Il s'empara de son éponge et se mit à fourbir son pare-brise qui n'avait cependant plus besoin de l'être. Tout en faisant crisser l'éponge humide sur la vitre, il me lança :

— Montez voir ma femme. Elle vous montrera votre logement.

L'accueil de Julien Avène avait achevé de me démoraliser.

En m'engouffrant dans le large couloir décrépit je me dis que jamais je ne pourrais vivre dans cette vieille bâtisse sous la direction de ce grincheux aigri et bilieux. Les portes vitrées des deux classes se faisaient face. Je m'arrêtai pour contempler avec effroi cet alignement de bureaux tatoués d'inscriptions, les tableaux noirs, les cartes géographiques aux couleurs pimpantes, sur lesquelles les pays semblent faciles, et surtout l'estrade où j'allais siéger.

Les placards vitrés avec leurs livres couverts en bleu et leurs découpages de carton collé constituant des troncs de cône, des pyramides ou des cylindres, me paraissaient receler des instruments de torture.

Je fus frappée par la réflexion de mon « collègue » : « Qu'est-ce qui vous a pris d'entrer dans l'enseignement ? »

Donc, au premier coup d'œil il avait compris que je n'étais pas faite pour ce métier. Je n'étais pas de sa race…

Un large escalier de pierre à rampe de fer terminait le couloir. J'en ai gravi les degrés comme si c'eût été ceux d'un échafaud. Ils sentaient l'eau de javel et le monastère.

Elle m'attendait sur le palier.

C'était une femme qui devait approcher la cinquantaine. Elle avait dû être blonde et ses traits conservaient la douceur des blondes. Elle avait dû être belle et ses yeux bleus possédaient encore la limpidité des belles. Elle portait un peignoir rose dont elle avait retroussé les manches. C'était sans nul doute une femme laborieuse qui devait abattre de grosses besognes sans avoir l'air de s'activer. Son expression était courtoise et attentive. Sa douceur n'excluait pas une certaine fermeté.

— Bonjour, mademoiselle. Pas trop fatiguée ?

Les deux époux paraissaient trouver normal que je sois venue à pied. Ici c'était « chacun pour soi » dans l'honneur et la dignité.

— Vous n'avez pas de meubles ?

— Non.

— Heureusement, la chambre est meublée. Enfin : il y a un lit. Et un fourneau à la cuisine…

Tout en parlant elle ouvrit la porte faisant face à la sienne. Une odeur fade de renfermé et d'échalotes me sauta à la gorge.

— Entrez… Vous êtes chez vous, c'est le cas de le dire…

Chez moi !

Le logement comportait quatre immenses pièces si hautes de plafond que j'en eus le vertige. Elles semblaient d'autant plus vastes qu'elles étaient vides, à l'exception de la chambre à coucher et de la cuisine. Dans l'une il y avait un vieux lit de campagne qui m'arrivait à la poitrine et que couronnait un édredon pareil à un pachyderme crevé. Des portemanteaux de bois, très grossiers garnissaient tout un panneau. Une chaise dépaillée et une caisse complétaient le mobilier. Dans l'autre, outre le fourneau de fonte noire et l'évier constitué par une pierre creusée (il ressemblait davantage à un bénitier qu'à un évier), je ne trouvai qu'une table de bois couverte d'une toile cirée lépreuse et un tabouret rafistolé avec du fil de fer.

Les ampoules électriques pendaient nues des plafonds, mais durant les vacances, les araignées s'étaient chargées de les décorer.

Parfois, dans des films, les décorateurs s'appliquent à reconstituer des atmosphères lugubres. Ils ont recours, pour cela, à une série d'accessoires, toujours les mêmes, chargés de traduire le dénuement. Mais le plus génial parmi eux eût été incapable d'exprimer plus fortement le désespoir que ne le lamentait cet appartement désert dans la vieille bâtisse de Glunois. Les murs barbouillés de brun étaient poignants et leurs écaillures blanches, d'où coulait menue une poussière de plâtre, avaient l'aspect de blessures suintantes. Et puis il y avait une odeur d'échalotes. On en avait mis à sécher sur une étagère de la cuisine, seulement les rats les avaient consommées et il ne subsistait que de parcimonieuses pellicules rousses qui suffisaient à entretenir l'odeur.

— Ce n'est pas très gai, n'est-ce pas ? fit observer Mme Avène.

Elle ne semblait vieille que par comparaison avec son mari qui devait avoir une quinzaine d'années de moins qu'elle. Comme je ne trouvais rien à répondre à une pareille constatation, elle s'empressa d'ajouter :

— Votre prédécesseur logeait à l'*Hôtel de la Mairie*. L'appartement est donc resté fermé plus d'un an. Lorsque vous l'aurez arrangé, vous ne le verrez plus avec les mêmes yeux… Il est… Il est très ensoleillé. Les fenêtres sont grandes et…

Elle s'est tue parce que je venais de m'écrouler sur

le tabouret. Je pleurais en voilant ma figure à deux mains. C'était trop, je ne pouvais plus me contenir. J'aurais pleuré devant l'inspecteur en personne s'il se fût trouvé là.

— Eh bien ! Voyons... Mademoiselle...

Cette femme avait une voix de bigote, molle à force de vouloir paraître apitoyée, et pourtant je décelais à travers son ton dolent des inflexions rudes.

— Excusez-moi. C'est mon premier poste et...

— Je comprends. Mais vous verrez comme le pays est agréable.

« Vous demeurez loin d'ici ?

— Ma mère habite à Tournon...

— Vous pourrez aller la voir assez souvent.

J'ai secoué la tête car je ne pouvais plus parler, mes larmes m'étouffant.

— Ça va passer, a affirmé la femme de mon collègue, comme si j'eusse souffert d'une rage de dents et qu'elle m'eût administré de l'aspirine. Je vous laisse à votre installation.

Mon installation !

Ma valise ne contenait que du linge et je ne voyais guère où je pourrais le ranger. Un instant j'eus envie de faire comme mon prédécesseur et d'aller prendre pension au *Café de la Mairie*, seulement mes moyens ne me le permettaient pas. En partant de la maison, je n'avais emporté que quelques maigres billets tout juste suffisants pour acheter des provisions de première urgence en attendant ma première fin de mois.

Mme Avène partit et je me retrouvai seule avec les toiles d'araignées et les senteurs d'échalote.

Elle dut prévenir son mari car au bout d'un instant on frappa à la porte. Cela faisait comme lorsqu'on donne des coups de pied dans les flancs d'une grosse caisse : ça ne s'arrêtait plus de vibrer et de s'enfler dans les immenses pièces vides, conçues pour abriter l'appareillage d'un tisserand.

Je n'avais pas la force de répondre. Il est entré tout de même. Il y avait des éclaboussures de mousse dans sa barbe, on eût dit qu'il avait commencé de se raser.

Il s'est approché et m'a regardée. Il ne parlait pas.

L'une de ses paupières tombait un peu et à travers les poils de sa barbe je voyais un coin de sa bouche se retrousser. Cela rendait son visage plus asymétrique encore. Comme il ne disait toujours rien, j'ai fait un effort pour ravaler mon chagrin.

— Oui ?

Il s'est raclé la gorge.

— L'enseignement est en pleine déconfiture, a-t-il annoncé en guise de consolation. On recrute n'importe qui, n'importe comment… On donne un poste à des gamines qui ne sont encore que des petites filles émotives.

Il se croyait à un congrès d'instituteurs. Le genre tribun raté qui devait aimer se gargariser de formules devant des auditoires faciles. Jamais encore je n'avais détesté un de mes semblables autant que je détestais cet homme.

Je le fixai d'un œil épouvanté. Ce type devait avoir un morceau de marbre en guise de cœur pour venir me débiter son éditorial corporatif à un tel moment.

Il s'adossa au mur et se mit à contempler ses mains flétries par l'eau de lavage de son auto, de belles mains longues et fines de pianiste.

— Je parie que vous êtes une fille à papa et que vous voulez faire l'école comme vous joueriez au tennis, hmm ?

Ma rage fut plus forte que ma peine.

— Qui vous permet de me parler ainsi, monsieur le Directeur ?

Je mis l'accent sur le mot directeur. Je tenais à souligner par mon emphase tout ce que ce titre avait de dérisoire dans une école comme celle de Glunois. Directeur de quoi ? De deux misérables classes de bouseux demeurés ! Directeur de qui ? D'une gamine, il l'affirmait lui-même.

Il secoua la tête.

— Mon âge, fit-il.

Alors j'ai compris que, pour cet homme marié à une épouse de quinze ans son aînée, l'âge était en quelque sorte la clé de voûte de l'existence. La véritable hiérarchie se traduisait, à son sens, par des dates de naissance. Dans la vie il y avait les jeunes, les moins jeunes, les vieux et les très vieux. Et parce qu'il était plus âgé que moi, il se sentait des droits.

Croyant m'avoir convaincue par ces deux mots, il enchaîna à brûle-pourpoint :

— Vous allez à la messe ?

— Les quarante et quelque mille balles que l'État va me verser me font une obligation d'y aller ?

Il haussa les épaules, agacé.

— Vous y allez ou vous n'y allez pas ?

— Je n'y vais pas.

Il a paru intensément soulagé.

— Tant mieux. À vous voir, j'aurais cru.

— Pourquoi ? Je fais punaise de sacristie ?

— Votre élégance me le donnait à penser…

Pauvre bonhomme ! Dans le fond il était plus naïf que les garnements auxquels il essayait d'enseigner les nombres décimaux.

— Pour être institutrice, il faut s'habiller à Uniprix ?

— À quoi ?

Évidemment, depuis des années qu'il croupissait dans son affreux bled, il ne savait même pas ce qu'était Uniprix.

Nous ne parlions pas le même langage. Pourtant une mise au point s'imposait.

— Écoutez, monsieur le Directeur…

Il a fait claquer ses doigts, comme il devait le faire en classe lorsqu'il voulait requérir l'attention de ses élèves.

— Vous pouvez m'appeler Avène.

— Je n'oserai jamais, assurai-je sans sourire.

Et je repris :

— Écoutez, monsieur le Directeur, je vois que ma mise vous chiffonne. Je vous promets de me déguiser en institutrice de campagne dès demain. Néanmoins je veux vous ôter d'un doute : je ne suis pas riche, je ne l'ai jamais vraiment été et je suis même tout à fait pauvre. Mon père a quitté ma mère lorsque j'avais quatre ou cinq ans. Lui avait dc la galette mais il nous en donnait juste assez pour que nous menions une vie confortable. Voici six mois, il est mort. On a découvert qu'il était pratiquement ruiné et notre source de revenus s'est trouvée tarie. Ma mère qui est en mauvaise santé est venue se réfugier dans un appartement qu'elle avait hérité de ses parents à Tournon. Pour la nourrir, j'ai décidé d'embrasser votre noble carrière. Je ne suis peut-être pas faite pour ça, l'avenir nous l'apprendra. Ce qui est vrai, c'est que je n'y suis pas préparée. Mes vêtements actuels ? Vous allez voir comme ils se faneront vite. Rien ne se détériore plus vite qu'une garde-robe qu'on ne renouvelle pas.

Avène promena sa main dans sa barbe. Cela produisit un bruit rigolo.

— Excusez-moi, dit-il enfin.

Et il sortit.

Je pensais que sa femme allait le relayer. J'espérais aussi que tout cela allait se terminer autour de leur table. Je venais d'une maison où l'on garde à dîner les gens qui arrivent de voyage à sept heures du soir. Mais ni l'un ni l'autre ne s'est manifesté de la soirée.

Du temps s'est écoulé, que j'ai regardé passer, le dos appuyé au mur poisseux de la cuisine. J'entendais des bribes de radio. Les Avène écoutaient une émission en vogue sur Europe. Peut-être était-ce afin de ne pas la manquer qu'ils me laissaient pourrir d'ennui dans ma caverne lépreuse ?

Au bout d'un certain temps je me suis décidée à gagner ma chambre. Je savais qu'ils ne viendraient plus.

La « vieille » avait tout de même eu l'idée de me préparer un lit.

Je me suis pelotonnée sous le monstrueux édredon.

Je pensais confusément que la détresse humaine n'est pas insondable et que lorsqu'on en touche le fond, tout ce qui peut vous arriver ensuite, c'est de remonter vers la surface scintillante. Il fallait attendre.

J'ai éteint.

La nuit claire s'est alors installée dans l'immense fenêtre. Les étoiles grouillaient.

À Glunois, il semblait y en avoir beaucoup plus qu'ailleurs. Des chauves-souris passaient au ras de la croisée. Parfois leurs ailes hideuses cognaient la vitre comme pour me signifier de funestes présages.

CHAPITRE II

La faim m'a réveillée.

Dieu merci, il faisait un temps magnifique. La chambre demeurait sinistre, mais elle avait perdu son atmosphère vénéneuse. J'ai regardé ma montre-bracelet : il était sept heures. J'avais fait « le tour du cadran » pour employer une expression favorite de ma mère.

D'affreuses crampes me déchiraient l'estomac et pourtant j'ai été ragaillardie par ma faim.

En hâte je suis allée faire une toilette sommaire sur l'évier et j'ai sorti de ma valise une jupe beige, un chemisier blanc et une veste de cuir fauve. Je devais encore être trop élégante au gré d'Avène !

Aucun bruit n'émanait de son appartement quand je suis sortie. Il devait profiter du dernier jour de vacances pour s'offrir une sieste.

Je suis descendue au cœur du bourg. Sous le soleil il avait meilleure figure. La vue d'un maréchal-ferrant en plein travail m'a même émue. J'ai été sensible à ce spectacle éminemment rural et à l'âcre odeur de corne brûlée qui se répandait dans tout le pays.

Le *Café de la Mairie* était ouvert. C'était une salle basse de plafond, aux murs tapissés d'un incroyable papier représentant des scènes de chasse. À gauche de la porte il y avait un comptoir, et un billard moisi et, dans une pénombre scintillante, de vieilles tables de bois ciré s'alignaient dans un ordre irréprochable.

Je suis allée m'asseoir au fond de la salle, sous le tronc tricolore destiné à alimenter « le sou des écoles ». Mon emblème, en somme ! Et j'ai attendu. Dehors caquetaient des poules et, quelque part, dans le voisinage, un homme dévidait des litanies de jurons.

La porte de l'arrière-salle s'est ouverte enfin sur une grosse femme au ventre ceint d'un tablier mouillé. Elle avait les cheveux tirés et noués en un gigantesque chignon sur la nuque. Ses joues rouges brillaient comme des pommes et son regard avait de la peine à soutenir le mien, tant il était peureux et fuyant.

— Je peux déjeuner ?

— Du café au lait ?

— Oui. Avec des tartines beurrées.

Un instant plus tard, elle déposait devant moi une cafetière, un pot plein de lait, une couronne de pain chaud et une véritable motte de beurre. Ce fut magique !

Immédiatement j'oubliai mes ennuis pour ne plus songer qu'à ces nourritures robustes proposées à ma fringale. J'espérais que la tenancière me laisserait me repaître tranquillement, mais elle s'en fut briquer son comptoir afin de m'observer tout son soûl.

À peine m'étais-je mise à manger que la porte s'ouvrit. Et je fus surprise de voir entrer Avène.

Il portait un pantalon de velours verdâtre et un chandail de marin, rapiécé. Il ne me vit pas car il s'arrêta au comptoir, me tournant le dos.

— Salut !

Il avait ses habitudes dans ce café car, sans un mot,

la grosse femme posa un verre devant mon Directeur et le lui emplit de vin rouge. L'idée d'un tel breuvage à pareille heure me fit grincer des dents.

La cabaretière essayait d'alerter l'attention d'Avène, mais ce dernier restait tourné face à la porte et regardait la place.

— J'en ai touché une nouvelle, hier soir, qui n'est pas piquée des vers, annonça-t-il au bout d'un instant de rêvasserie.

Il émit un petit rire diabolique, prit son verre et but. Bien qu'il me tournât le dos, je m'aperçus que sa main tremblait.

La cabaretière continuait son manège désespéré pour me désigner à lui. Cette fois il le vit et se retourna. En m'apercevant, il ne parut ni surpris ni contrarié. Il posa son verre vide et vint à moi d'une démarche mesurée, un vague sourire au coin de la bouche.

— Alors, jeune fille, on se sustente ?

Je compris qu'avec lui il fallait cmploycr sa tactique.

— On a beau ne pas être piquée des vers, on a tout de même des brèches à colmater.

Il fronça les sourcils, comme chaque fois que je lui faisais front.

— Oh ! ça vous a vexée ?

— Pas du tout.

— Vous auriez tort. Et puis d'abord, c'est vrai : vous n'êtes pas banale.

— Merci.

— Vous pensez remonter bientôt ?

— Dès que j'aurai fini de déjeuner.

— Parce que, vous comprenez, ajouta-t-il, il faut tout de même que je vous mette au courant.

— Ça va de soi.

Il haussa les épaules et me quitta pour regagner le

comptoir sur lequel il jeta une pièce. Après quoi il sortit sans un mot à la patronne.

Lorsque j'eus achevé ma collation, je m'en fus à l'épicerie du pays. J'y achetai du savon, un plat d'émail, quelques cintres à habit et du jambon pour midi. Je pris du pain à la boulangerie et je retournai à l'école.

Avène se trouvait déjà dans sa classe, assis à sa table devant une pile de fournitures scolaires toutes neuves.

En me voyant passer il me fit signe d'entrer. Je lui montrai mes provisions et je continuai ma route vers mon somptueux logement. Je déposai mes emplettes sur la table de la cuisine et redescendis. J'appréhendais cette rencontre « professionnelle ».

J'allais devoir écouter Avène, lui obéir, et ça ne me disait vraiment rien.

Il avait abandonné l'estrade pour aller s'asseoir au fond de la classe à un banc d'écolier.

— Bon, me lança-t-il, vous y êtes ?

— Oui, monsieur.

— Vous devriez mettre une blouse ; dans une classe de merdeux on se salit autant que dans une usine ! D'ailleurs c'est une usine ! Vous verrez !

— Je n'ai pas de blouse !

— Je m'en doutais. Achetez-en une !

— Le mois prochain, oui, monsieur.

Il me regarda, comprit et soupira :

— Marthe vous en prêtera une en attendant.

— Non, merci.

— Pourquoi ?

— Je ne porte que des effets qui me sont personnels !

Il encaissa le sarcasme sans broncher. Il paraissait

moins hargneux, moins méchant que la veille. Ce matin-là il semblait plutôt désabusé.

— Asseyez-vous, c'est votre classe.

— J'ai cru que c'était la vôtre.

— À cause ?

— Vous étiez assis à mon bureau.

— Et je m'y assoirai encore. Une salle de classe, ça n'est pas une blouse…

Décidément, mon refus l'avait vexé. C'était la première fois qu'il me proposait quelque chose depuis mon arrivée et j'avais repoussé son offre.

— Vous allez vous charger de la classe enfantine ; programme : alphabet et pipi ; du cours préparatoire : lecture-calcul ; et du cours élémentaire première année, autrement dit la France jusqu'à Henri IV !

Il s'animait. À la façon dont il me parlait de ces choses, et malgré sa désinvolture, je devinais qu'il aimait son métier.

— D'après mon premier calcul, ça va vous faire vingt-quatre polissons. Un compte rond, quoi ! Parmi eux, l'idiot du village. Il a quatorze ans, mais je ne peux pas le coller avec les grands parce qu'ils lui font des niches. Si l'idiot fait trop l'idiot, il n'y a qu'une thérapeutique : les coups.

Il s'est tu un instant et son regard est parti dans du flou. Il avait déjà eu une saute de tension semblable, la veille au soir dans ma cuisine. C'était une espèce de tic.

— Bon, a-t-il soupiré : continuons.

J'avais eu tort d'appréhender. Professionnellement, il était de toute première force. Il avait le don de la clarté, le plus précieux pour un homme qui consacre son temps à la pédagogie. En quelques heures il m'a tracé le travail, mise au courant de tout, enseigné la meilleure manière de faire mes préparations, raconté les élèves et décrit le niveau intellectuel de chacun.

— Ce qu'il vous faudra faire, en premier lieu, c'est savoir leurs noms. Si ces salauds comprennent que vous ne les connaissez pas, ils se réfugieront dans cet anonymat provisoire et vous en feront voir de toutes les couleurs. Vous avez bonne mémoire ?

— Je crois.

— Tant mieux pour vous, je vous le souhaite. Dommage que vous ne portiez pas de lunettes.

— Pourquoi ?

— Ça vous aurait donné l'air grave. Vous faites plus élève que maîtresse, vous savez…

C'était le premier compliment qu'il m'adressait ; mais dans son esprit c'était davantage un reproche.

— Sévissez d'emblée, hein ? Et n'ayez pas peur de leur tirer les cheveux. Nous sommes à la campagne. Ici on bat les gosses et on laisse les chiens crever de faim…

Lorsqu'il en eut terminé avec ses explications, il m'a aidée à ranger les fournitures dans le grand placard vitré.

Il existait un compartiment à part, tout en haut du placard. Celui-ci était fermé par une porte munie d'une serrure. Tandis que Julien Avène déballait un paquet de cahiers, je suis montée sur une chaise et j'ai ouvert cette petite porte de bois plein.

Je m'attendais à trouver de vieux livres hors d'usage ; aussi quelle ne fut pas ma surprise de découvrir des bouteilles vides.

— Dites-moi, monsieur Avène. À quoi servent tous ces flacons ?

Il a sursauté et son front s'est empourpré.

— Je suppose que ce sont d'anciennes bouteilles d'encre, a-t-il bredouillé.

Je jouissais de sa confusion. Une joie mauvaise me poussait à exploiter la situation.

— S'il s'agissait de bouteilles d'encre, le verre serait teinté. Et puis y aurait-il des étiquettes ainsi libellées ?

Je me suis mise à lire à haute voix, en prenant des temps :

— *LE CEP GÉNÉREUX, Monopole 11°.*

Un vin des Caves Jordin. Valence-Drôme.

Il n'a rien répondu et a continué de défaire le paquet. Ma découverte confirmait mes doutes : Avène buvait. Et comme tous les vrais ivrognes, il buvait en cachette. Il avait accumulé ses bouteilles clandestines dans la classe qui n'était pas la sienne. Sans doute sa femme le traquait-elle ? Je me dis que mon prédécesseur devait « lui faire la main ».

J'ai compté les bouteilles. Il y en avait dix-neuf.

— Un jour que votre femme ne sera pas là, vous devriez rendre ces bouteilles, ai-je murmuré, surtout si elles sont consignées. C'est de l'argent qui dort.

J'ai pris une craie et je suis allée au tableau.

— Une consigne représente vingt-cinq francs, hummm ?

J'ai écrit vingt-cinq au tableau. J'ai placé dix-neuf dessous, avec le signe « multiplié par » et j'ai fait la multiplication.

— Nous obtenons quatre cent soixante-quinze francs. Supposons que le litre coûte cent francs, vous pouvez en acheter quatre. En récupérant les consignes de ces quatres bouteilles, vous en rachetez une. Avec la consigne de la cinquième que vous ajoutez aux soixante-quinze francs restants, vous avez encore de quoi vous acheter une sixième bouteille. Conclusion, à la place des 19 bouteilles vides, vous pouvez en avoir 6 pleines.

Je pensais qu'il allait exploser. Des rides s'accumulaient sur son front et il grattait son collier de barbe nerveusement.

— Je pense que je vous ai mal jugée au départ, fit-il enfin d'une voix qui s'efforçait d'être ferme. Vous ferez sûrement une bonne institutrice, votre démonstration le prouve.

Puis il a déballé les cahiers neufs, sans rien dire, et c'est moi qui ai ressenti de la gêne. S'il avait un vice, de quel droit y faisais-je allusion ? Comme le disait fréquemment maman, en ponctuant sa phrase d'un long soupir déçu : « Chacun sa vie. »

Nous ne nous sommes pratiquement plus parlé de la journée. Sur le soir, sa femme s'est montrée. Je l'avais seulement entendue trottiner au-dessus de ma tête, car ma classe se situait juste sous leur appartement. Elle avait troqué son affreux peignoir rose contre une robe grise ornée d'un jabot de dentelle blanche qui faisait province à vous flanquer mal au cœur. Elle faisait moins vieille que la veille. Visiblement elle avait fait un effort : rouge à lèvres et poudre de riz.

Je ne sais pas où elle prenait son parfum, mais il sentait le salon de coiffure de banlieue.

Son mari était dans sa classe, moi dans la mienne. Elle nous a contemplés un instant, alternativement, depuis le couloir, avant de se décider à frapper à ma porte.

— Alors, ces préparatifs sont achevés ?

— Oui, madame.

— Eh bien, nous allons fêter ça. Venez donc prendre une goutte d'apéritif…

Je l'ai rejointe. Elle a appelé son mari et nous sommes montés à la queue leu leu dans son appartement.

Il lui ressemblait. Bien qu'il eût été tapissé récemment, il avait un je ne sais quoi de fané. Il sentait le douillet, la bonne cuisine, le linge repassé. Il était d'une atroce banalité, avec des meubles achetés sur catalogue. (« Notre réclame du mois, dix pour cent d'escompte »), des abat-jour de perles, des chromos découpés dans des revues et encadrés maison, des cache-pots de cuivre, des « chemins de table » brodés, un poste de radio paraissant antérieur à l'invention de la T.S.F. et des photos de famille fichées contre les vitres du buffet.

Elle attendait un compliment, mais je n'avais pas le courage de le lui faire. Des deux je préférais encore mon logement vide et dégradé. Lui, au moins, avait une certaine gueule. Il était sinistre mais authentique.

Sur un plateau-réclame style « artistique ou décoratif » et classé à la rubrique « objet d'art » dans les tombolas de kermesse, il y avait une bouteille sans étiquette pleine d'un liquide jaune qui ressemblait à de l'urine.

— Vous aimez le vin d'orange, mademoiselle Cassel ?

— Je n'en ai jamais bu.

— Je le fais moi-même…

Lorsqu'elle m'avait parlé d'apéritif, en bas, j'avais tout de suite compris qu'il s'agissait d'une mixture de sa fabrication. C'était la femme à recettes.

Elle me versa une rasade honnête, en prit elle-même quelques gouttes et se tourna vers son époux.

— Je préfère un coup de rouge !

Elle se rembrunit :

— Julien !

— J'ai tellement avalé de poussière aujourd'hui…

Il s'en fut prendre une bouteille de Cep généreux dans le buffet et emplit son verre en évitant le regard insistant de sa femme.

— Vous aimez mon vin d'orange ?

— Follement.

J'eus droit à un coup d'œil moqueur de Julien Avène.

— Ce sont des écorces d'orange macérées dans du marc. Au bout de trois mois je filtre et je l'incorpore dans du bon vin blanc…

— Ah ! glapit Avène.

Sa femme fronça les sourcils.

— On n'incorpore pas « dans ». On incorpore « à »…

Sa figure sédative s'assombrit.

Se tournant vers moi, elle enchaîna :

— Vous pensez faire venir du mobilier ici ?

— Non.

— Mais comment allez-vous faire ?

— Je me débrouillerai.

Je finis mon verre. Sa drogue avait un goût épouvantable. Le marc dominait nettement. Au bout de quelques secondes je ressentis des brûlures d'estomac.

— Excusez-moi, dis-je, il faut que j'aille au village faire des emplettes.

Je les quittai très vite, en omettant de leur serrer la main. Sans que je puisse m'expliquer pourquoi, ce couple mal assorti m'écœurait.

Lui n'aimait que son métier et le vin rouge. Elle n'aimait que son mari et ses confitures.

Au village, j'achetai un petit pain et un chocolat. J'allai les manger dans la campagne. C'était maigre, mais mes moyens ne me permettaient pas de faire mieux. Du reste, le fameux vin d'orange m'avait coupé l'appétit.

Je suis restée pendant plus d'une heure dans les chemins pierreux qui vagabondaient de vergers en vignobles. Les raisins étaient mûrs et dans les travées des vignes on sentait les préparatifs de la vendange imminente.

Après tout, le pays n'était pas si mal que ça. Une question d'habitude. Toutes les contrées sécrètent une sorte de charme qui lentement vous anesthésie. Le mieux, c'était de procéder comme sur une table d'opération quand on vous endort : ne pas se contracter, respirer calmement, profondément, et attendre avec confiance…

Lorsque j'ai rejoint l'école, Avène était assis sous le préau. La nuit tombait et je distinguais mal sa silhouette. Il se tenait adossé à l'un des piliers de soutènement et fumait une pipe en terre. Cette pipe, comme sa barbe, appartenait à une certaine formule d'esthétisme, qui lui était chère.

Il voulait adopter le genre artiste. Artiste périmé…

J'étais persuadé que, lorsqu'il avait bu, il philosophait et s'installait dans la peau du génie incompris.

J'allais pénétrer dans le bâtiment lorsqu'il me lança un « Alors ? » qui était une invite. Je m'approchai. C'était la première fois que je voyais le préau.

Il était pittoresque. Au fond, Avène logeait sa voiture, garantie par une housse et par une claie en bois. Sur la paroi de droite, s'étageaient des clapiers aux portes grillagées, dans lesquels on entendait des lapins taper de la patte en grignotant des carottes.

— Vous avez vu l'élevage de ma femme ?

Je me suis approchée des cages.

— J'adore l'odeur du fumier de lapin, assura Julien Avène. Je ne peux pas vous expliquer pourquoi, ça m'émeut plus que des parfums subtils. D'ailleurs j'adore les lapins. Avec les facteurs, ce sont les êtres les plus sympas de la création… Ils ne font que bouffer et ils s'accouplent très vite ; je parle uniquement des lapins, j'ignore tout du comportement sexuel des facteurs, ce qui est regrettable !

Il était ivre. Pas complètement, mais assez pour devenir volubile et dire tout ce qui lui passait par la tête.

— Vous les entendez croquer les carottes ? Ah ! les braves gens que ces lapins ! À propos vous avez bouffé, vous ?

— Oui…

Dans la pénombre ses yeux brillaient méchamment. Il tira sur sa pipe, ce qui fit un bruit de chalumeau pompant les dernières gouttes d'un verre d'orangeade.

— Au *Café de la Mairie* ?

— Non.

— Menteuse ! Il n'y a pas d'autres restaurants !

— Je me suis fait faire des sandwiches…

— Où ?

— Chez le boulanger…

Il ricana :

— Une tranche de pain entre deux tranches de pain ?

Vexée, je lui ai tourné le dos en murmurant :

— Bonsoir, monsieur Avène.

Mais il a crié, en gardant les dents crispées sur le tuyau de sa pipe :

— Hé ! Attendez…

— Je voudrais me coucher, la journée de demain sera rude.

— Ah ! Oui… Veillée d'armes ! J'ai vu jouer ça jadis. Il y avait des chevaux, je me rappelle. Maintenant, on ne se bat plus à cheval et c'est dommage ! On parachute ! Vous croyez que votre parachute va s'ouvrir demain, dites ? S'il ne s'ouvre pas, vous vous cassez la figure, votre jolie figure ! Et s'il s'ouvre, l'ennemi risque tout de même de vous la casser. Vous ne les connaissez pas encore, nos Martiens ? Des drôles de drôles ! Je les aime bien. Il n'y a que les gosses qui savent être cruels sans arrière-pensée…

Une fenêtre s'est ouverte au premier, la voix douce de Marthe Avène a appelé :

— Julien !

— Oui ?

Son ton était redevenu instantanément celui d'un homme en pleine possession de ses moyens.

— Tu montes ?

— Tout de suite, Marthe !

Il a attendu qu'elle eût refermé la croisée.

— Tu montes, chéri ? a-t-il ricané. Quel langage pour une honnête femme !

Il a opéré un rétablissement pour se remettre d'aplomb ; puis il a pris une poignée de luzerne sur le toit des clapiers.

— Regardez. Ces adorables bêtes raffolent de la luzerne, quand ils trouvent dedans un trèfle à quatre feuilles ils sont aussi heureux que les hommes, et pour la même raison : parce que celui-ci possède une feuille de plus que la normale.

« Dites donc, votre sandwich au pain, vous l'avez bouffé où ?

— Dans les chemins. J'ai fait le tour du village.

— Erreur ! Chez nous, lorsqu'on crève de faim, c'est en privé. Le standing ! Ici vous êtes une personnalité, mademoiselle Cassel. Et une personnalité, il faut que ça se comporte normalement, sinon ça inspire la méfiance…

Il est parti, d'un pas tranquille, en faisant grésiller sa pipe. Derrière la fenêtre obscure du premier, je devinais la silhouette attentive de Marthe Avène.

Était-elle jalouse ?

Je me suis appuyée aux clapiers et j'ai essayé de distinguer les lapins affairés sur le trèfle. Leurs minuscules dents de rongeurs s'activaient. On eût dit un unique grattement.

CHAPITRE III

Le lendemain matin, une extraordinaire clameur emplit la cour, très tôt, et tout se transforma instantanément.

Cette bâtisse plus hostile qu'une prison, redevint école, c'est-à-dire un haut lieu de la joie et de l'insouciance. Il y eut des rires partout, et des cris aigus comme les trilles de certains oiseaux.

Les élèves de campagne, contrairement à ceux des villes, vont à l'école de bonne heure et arrivent bien avant la rentrée.

Depuis l'angle d'une de mes immenses fenêtres sans rideau, je les observais. Très vite il y eut une affolante pyramide de cartables dans la cour. À tout bout de champ j'étais obligée de me jeter en arrière, car les enfants levaient fréquemment la tête dans ma direction. Je constituais en somme l'attraction de la rentrée. Même ceux qui ne seraient pas dans ma classe s'intéressaient à moi. Quelques-uns m'avaient déjà aperçue dans le village et s'étaient empressés de me raconter aux autres. Ils leur avaient dit que j'étais jeune, assez jolie (du moins j'espère) et habillée d'une certaine manière !

Les Martiens !

Ils venaient de débarquer de leur planète et grouillaient devant le bâtiment, de plus en plus nombreux. Certains portaient des blouses noires, ancienne mode, mais la plupart arboraient des blouses grises, serrées à la taille par une lanière de cuir. Pour jouer ils en relevaient les pans et les passaient dans la ceinture, ce qui transformait la blouse en une espèce de capote de poilu.

Cette foule de garnements, sans cesse grossissante, me charmait et m'épouvantait. Avène avait eu une assez jolie image. En effet, ma plongée parmi eux équivalait bien à un saut en parachute. Je tremblais, comme tremblent tous les parachutistes quels que soient l'intensité de leur entraînement et le nombre de leurs sauts.

Avène a frappé. J'ai reconnu le toc-toc précipité et sec de son index noueux. Il est entré et je n'ai pu m'empêcher de sourire car aucun instituteur ne pouvait faire plus instituteur que lui à cet instant.

Il portait un vieux pantalon gris, bien repassé par Marthe, une chemise sans cravate mais dont il n'avait pas omis d'assurer le dernier bouton, et par-dessus, une longue blouse grise toute neuve, aux manches un peu trop longues, qui lui donnait l'aspect d'un magasinier.

— Alors, collègue ?

Dans certains mots, tel le mot « collègue », sa pointe d'accent méridional se faisait plus nette.

La « collègue » devait avoir une piètre mine.

Il s'approcha de la fenêtre et regarda en bas.

Un sourire amusé tordait sa bouche.

— Vous voyez ce rouquin, près des cabinets ?

— Oui.

— C'est lui le demeuré. Et si l'on en croit son

patronyme, il doit avoir une hérédité tout ce qu'il y a de chargé : il se nomme Victor Cugnet.

Je reconnus le gamin qui me regardait venir, l'avant-veille, à califourchon sur la barrière du monument aux morts.

— Il ne sait pas encore lire et il ne saura jamais. Son cerveau ne suit pas le mouvement, quoi ! À certains moments, sans motif apparent, il éclate d'un rire terrible qui fait sursauter tout le monde… Vous verrez…

Avène fouilla dans l'une de ses poches amples et me présenta quelque chose de brillant. Il s'agissait d'un sifflet.

— Prenez, me dit-il, c'est pour vous. Et usez-en. On n'a rien trouvé de plus efficace pour établir l'autorité. Les galons, les grades, les distinctions, ne sont que balivernes. Si on veut rendre les hommes dociles, il faut les siffler, comme les chiens. Voyez les agents ! Celui-ci a un fort joli son.

Il ouvrit la fenêtre d'un geste brusque et porta le sifflet à sa bouche. Il émit une longue et forte roulade qui stoppa net le brouhaha de la cour. Toutes les têtes se levèrent.

— Pas tant de chahut ! cria Avène.

Et il referma la croisée.

Il était surexcité, mais ce matin-là, ce n'était pas à cause du vin. La rentrée le grisait. Il retrouvait son élément.

— Vous avez vu ?

Je pris le sifflet. Il était mouillé de la salive de mon collègue et le contact m'écœura.

Il dut s'en apercevoir car il ricana.

— Vous le nettoierez à l'alcool à 90°. Ou si vous n'en avez pas, vous le flamberez… Allons-y !

*
* *

Ce fut plus simple que je le pensais.

À ma vue, il y eut un silence. Les Martiens prenaient mes mesures. J'eus la sensation louche et choquante d'être la réclame du mois dans la vitrine d'un grand magasin. Les premières, les filles se mirent à chuchoter. Elles devaient parler de ma toilette et de ma coupe de cheveux.

Avène ressemblait à un dompteur. Il n'avait pas peur des Martiens, lui. Il savait comment les prendre. Son sifflet personnel coincé dans sa barbe, il triait les garnements, tel un gardian sélectionnant des bêtes. Parfois, pour établir l'ordre, il donnait un bref coup de sifflet.

Il divisa les écoliers en deux parties, et lorsque ce fut fait, il montra ma classe au groupe le plus jeune.

— Entrez ! Et en silence ! tonna-t-il.

Les siens demeurèrent dans la cour où ils se mirent à faire grand tapage.

Avène pénétra dans ma classe où il opéra les subdivisions nécessaires. Il plaça les petits devant, isola certains élèves qu'il jugeait dissipés et désigna un petit gamin blond au visage triste.

— Debout, Paul !

L'interpellé se dressa, et à la façon dont il croisa les bras et nous regarda, je sus qu'il était bon élève.

— Voici votre meilleur élément, me dit Avène : Paul Boudrier. Toujours premier. Jamais polisson. Il va vous aider à distribuer les fournitures. Lorsque vous aurez à vous absenter de votre classe, vous lui en confierez la surveillance.

Le gamin me regardait en rougissant. Ses yeux clairs

cillaient et je voyais battre une grosse veine bleue à son cou.

— Ça ira d'autant mieux qu'il a déjà le béguin de vous, me chuchota Avène. Bon, je vous laisse. Exigez le silence illico, sinon vous êtes foutue ; d'autant plus que la distribution des fournitures tourne vite à la foire d'empoigne.

Il partit, les pans de sa longue blouse flottant au vent. Dès qu'il eut refermé la porte de ma classe, il y eut comme une explosion. Tous les gosses, sauf Paul, se mirent à jacasser.

J'eus le vertige, mais je me ressaisis. Je portai le sifflet d'Avène à mes lèvres et je soufflai dedans. Cela produisit un petit bruit ridicule, une espèce d'étranglement aigu, pareil au cri d'un paon. Les gosses éclatèrent de rire. Ce fut l'idiot qui donna le signal. Son ricanement démentiel qui lui venait du ventre, tenait de la plainte et de la jubilation.

La porte se rouvrit à la volée. Avène, qui s'était embusqué dans le couloir, entra comme un fou, les yeux plissés de rage.

Il se précipita sur le demeuré et lui appliqua deux forts soufflets qui claquèrent sec dans le silence soudainement rétabli.

Le demeuré éclata en sanglots. Il pleurait comme il riait, avec une impétuosité toute organique.

— Le premier qui bronche aura droit à la baguette ! avertit Avène. J'en ai coupé tout un fagot pendant les grandes vacances. Rien que du noisetier ! Avis !

Il me coula un regard chargé de mépris, réprima un haussement d'épaules et sortit. Je l'entendis lancer un coup de sifflet depuis le couloir pour avertir ses Martiens à lui et il les fit entrer dans sa propre classe.

Les galoches martelaient les dalles sonores, emplissant l'immense bâtisse d'échos militaires.

Victor Cugnet pleurait très fort, sans masquer son chagrin. Je me serais volontiers assise près de lui pour mêler mes larmes aux siennes. Je me suis approchée et j'ai pris sa grosse tête rousse contre moi. Ça n'était peut-être pas la bonne méthode ; non, ça ne l'était sûrement pas, mais je m'en moquais. De la main je caressais sa tignasse revêche. Il sentait la campagne, Victor Cugnet ; il sentait la bêtise, le chagrin animal, l'homme…

Les autres nous contemplaient, bouches ouvertes, et le plus petit des petits avait sous le nez une grosse morve qu'il ne songeait pas à renifler.

*

* *

— Ça se passe comment ?

La paix relative de ma classe commençait à se détériorer lorsqu'Avène avait sifflé la récréation. Sauvée par le gong !

Nous nous promenions dans la cour, lui et moi, du préau au jardin, les mains au dos.

— Ça ne se passe pas mal.

— Vous ne sévissez pas assez, je vous observe par l'enfilade des portes vitrées…

C'était vrai qu'il m'observait. À chaque instant, je voyais sa mince silhouette se dresser de l'autre côté du couloir. Sa barbe se plaquait contre la vitre et il restait un instant, fixe, à m'observer.

— Je m'en suis rendu compte. Je dois dire que ça me paralyse un peu.

— Je vous fais peur ?

— Vous êtes mon Directeur, Monsieur le Directeur.

— Vous vous fichez de moi.

Sa femme était à sa fenêtre, regardant jouer les gosses, mais en réalité nous surveillant du coin de l'œil. Elle devait être très jalouse et, par conséquent, très malheureuse. Marthe se demandait quelles sortes de propos nous échangions en faisant les cent pas sous sa croisée.

Avène passa sa main dans ses cheveux drus.

— J'incommode, dit-il.

C'était inattendu.

— Pourquoi dites-vous cela ?

— Parce que c'est une constatation que j'ai eu l'occasion de faire depuis quinze ans que j'exerce ce putain de métier !

Ça m'a échappé :

— Quel âge avez-vous ? ai-je questionné.

Il s'est arrêté et m'a regardée.

— Selon vous ?

— Eh bien !...

— Allez-y : pas de quartier !

— Quarante ?

— Et dire que vous essayez de me flatter. J'en ai trente-six...

— Vous faites plus.

Il a eu un léger hochement de menton en direction de sa femme.

— Simple phénomène d'osmose.

L'allusion était trop nette pour que je laisse passer l'occasion qui s'offrait de le questionner au sujet de son épouse.

— Madame Avène a quel âge ?

— Cinquante-quatre ! Selon la formule consacrée, elle pourrait être ma mère.

— Ça s'est fait comment ?

— Oh ! bêtement, bien sûr... À mon premier poste...

Il s'est tu et m'a regardée, comme frappé d'une pensée surprenante.

— C'est vrai, a balbutié Avène.

— Qu'est-ce qui est vrai ?

— J'ai eu un premier poste... L'école avait été détruite par une inondation. Je faisais la classe dans la grande salle de mairie (cette année-là, tout le monde s'est marié un jeudi) et je logeais chez l'habitant car il n'y avait pas d'hôtel.

— Et l'habitant, ç'a été ELLE ?

— Oui. À cette époque j'avais l'estomac fragile car je ne buvais pas de vin...

Il a ri, puis a donné un coup de sifflet pour séparer deux élèves qui se battaient.

— Elle a toujours eu le don des pommes vapeur. Chez certaines c'est la musique ou la tapisserie... Marthe, elle, c'est les pommes vapeur. Nous nous sommes mariés sous l'égide de Parmentier et de Denis Papin ; et un jeudi, bien entendu.

Il a consulté sa montre. On eût dit un arbitre de football. La conscience professionnelle personnifiée !

Son coup de sifflet a été tellement strident que j'en suis demeurée sourde pendant quelques secondes. Marthe nous a adressé un petit signe peureux. Elle était heureuse de voir s'achever la récréation.

CHAPITRE IV

La première partie de la semaine se passa bien. Je sus trouver le ton qu'il fallait pour mater mes chenapans et je découvris qu'ils éprouvaient pour moi une espèce de sympathie. Les garçons étaient sensibles à la jeunesse et les filles à mon élégance. Le demeuré se contenait et me couvait d'un regard humide de griffon. Paul Boudrier, ma valeur sûre, me secondait à sa manière et je fis preuve professionnellement d'une bonne volonté si grande qu'elle porta ses fruits. Grâce aux excellents conseils d'Avène, aux trucs de métier qu'il m'enseigna, je sus m'organiser et organiser ma classe. Pourtant, lorsque le premier jeudi arriva, je l'accueillis avec un soulagement infini.

J'avais télégraphié à ma mère pour lui demander de m'expédier tout mon matériel de camping à Glunois. C'était un bon système pour parer à l'indigence de mon logement.

Le mercredi soir, le petit car assurant le service une fois par semaine avec Tournon me débarqua une malle d'osier contenant ma tente, mon tapis de sol, mon sac de couchage et tous mes ustensiles, y compris mon réchaud à gaz.

Je déballai le tout dans la plus grande pièce de mon

logement et c'est alors qu'il me vint une idée. Puisque je n'avais pas de quoi meubler cet immense appartement, puisque ses dimensions m'écrasaient, puisque je n'avais pas de rideaux à mettre aux fenêtres, pas de tapis à étaler sur les planchers disjoints, pourquoi n'y bivouaquerais-je pas ?

Ça paraissait un peu fou, au départ, mais ça ne l'était pas tellement. Les nuits m'effrayaient. J'étais obligée de me blottir sous les couvertures pour avoir chaud et surtout pour ne plus voir les chauves-souris maladroites qui venaient frapper mes vitres de leurs ailes baleinées. Leur ronde hallucinante m'épouvantait. Si je dressais ma tente dans un angle de la grande pièce, je ne serais plus victime de cette agoraphobie que me causait le vaste logement trop haut de plafond. À l'abri de la paroi de toile, j'occuperais un volume à mon échelle.

Comme je ne pouvais enfoncer mes piquets de fixation dans le plancher, je résolus de les remplacer par des clous. J'allai en emprunter chez Avène. Ce fut Marthe qui m'ouvrit. Depuis la séance « Vin d'orange », je n'avais pas remis les pieds chez mon confrère.

Je vis Julien, installé dans sa salle à manger devant une pile de cahiers. Il avait endossé une blouse grise, une vieille qu'il réservait pour la maison, et il piochait de la plume le fond d'une petite bouteille d'encre rouge.

Un litre de « Cep Généreux » et un verre se trouvaient à portée de sa main.

— Salut, collègue ! me cria-t-il en se versant ostensiblement à boire.

On eût dit qu'il voulait m'épater avec son vin rouge matinal.

— Vous avez besoin de quelque chose ? demanda Marthe.

Elle ne tenait pas à me voir séjourner chez eux.

— Si vous pouviez me prêter quelques pointes et un marteau…

— Alors, on se lance dans les grands travaux ? demanda Avène après avoir vidé son verre.

Marthe me présentait déjà une boîte à outils à « étages » pourvue de compartiments bourrés de clous, de vis et de crochets.

— Je pense que vous trouverez votre bonheur là-dedans, fit-elle en me la tendant.

Je battis en retraite, nantie de cet atelier en miniature.

Les heures qui suivirent furent grisantes. Je dressai ma tente au fond de la pièce principale, je la garnis de tous ses accessoires, après quoi j'installai mon matériel « à boustifaille » dans la cuisine. Comme je terminais mes étranges aménagements, Julien Avène frappa à ma porte et entra presque aussitôt. Il avait posé sa blouse et passé un gros pull-over à col roulé. Sa pipe en terre crissait entre ses dents ; il ne l'avait pas encore allumée.

— Alors, ces travaux ?

Il regardait autour de lui d'un air curieux. Il avait un peu bu, et il paraissait détendu, sans doute parce que sa femme était allée au village.

— Venez voir.

Je l'ai guidé jusqu'à la grande pièce. Il s'est immobilisé dans l'encadrement et j'ai cru que sa chère pipe allait tomber de ses lèvres. D'un pas appuyé il s'est approché de ma tente, il l'a inspectée, intérieurement et extérieurement, en hochant la tête de temps à autre.

Puis il s'est tourné vers moi et m'a contemplée d'un air intrigué.

— Vous allez dormir là ?

— Oui. Je n'arrivais pas à me faire à ces grandes pièces.

Il a tiré de sa poche une pochette d'allumettes et a allumé sa pipe. Il a tété le tuyau à deux ou trois reprises.

— Vous êtes complètement cinglée, a-t-il soupiré enfin.

Il est parti. Je suis restée seule avec la grosse bouffée de fumée qu'il avait exhalée en m'insultant.

*

* *

Nous avons eu alors une période de brouille. Je devrais plutôt dire de demi-brouille.

Les questions de service mise à part, Avène ne me regardait pas. Il semblait m'avoir rangée dans la catégorie des cinglées irrécupérables et s'être désintéressé de tout ce qui n'était pas ma classe.

Quant à moi, je m'installai plus commodément chaque jour dans mon nouveau métier. Jusqu'à mon arrivée à Glunois, je croyais détester la solitude. Mais cette existence végétative de l'école m'enseigna qu'elle convenait parfaitement à ma nature. Je fis une sorte de retour en moi-même et me mis à vivre d'une vie purement intérieure.

Je m'accommodais de mes pensées, de mes rêveries. Mon travail suffisait à exprimer mon énergie et la présence si nombreuse de mes Martiens constituait une compagnie de bon aloi.

Au début, j'écrivis de longues lettres à des filles que

je croyais être d'éternelles amies, mais leurs réponses réticentes, de plus en plus brèves et tièdes, me firent comprendre que l'amitié n'existe vraiment qu'à travers une présence assidue. Le temps et l'éloignement détruisent irrévocablement les plus beaux sentiments.

J'éprouvais une grande volupté à me sentir seule et quand il m'arrivait d'aller voir ma mère, le dimanche (bien que Tournon ne fût pas très éloigné, l'incommodité des communications faisait de ce voyage une expédition), j'avais la surprise de m'ennuyer dans la vieille maison où maman dorlotait son ennui.

Je m'étais mise à aimer l'odeur d'échalote qui continuait à flotter dans mon logement, et quand, sous ma tente, je percevais le menu clapotement des chauves-souris, aucun cri de terreur ne me nouait plus le gosier.

Les gosses se comportaient très bien. Ils étaient d'un niveau intellectuel assez bas, mais tous, ou presque, témoignaient d'une bonne volonté méritoire. Hormis quelques filles, ma classe ne comptait pas de bavards. C'étaient des petits de paysans qui, depuis le berceau, avaient appris à se taire.

Tout mon travail de préparation et de corrections, je le faisais dans ma classe, après les heures. C'était mon refuge. À la chiche lumière de ma lampe d'estrade, ma salle prenait un aspect bizarre, une vie secrète couvait entre ses murs blafards sur lesquels les cartes géographiques, avec leurs vertes plaines, leurs cours d'eau pareils à des branchages bleus et les pâtés bruns de leurs montagnes, mettaient une joie confuse et universelle. Pour provoquer une émulation, je placardais les meilleurs dessins de mes élèves et, lorsque nous avions travaux pratiques, je leur faisais exécuter des cadres afin de les mettre en valeur.

Ils devaient parler favorablement de moi à leurs

parents, car je recevais fréquemment des présents de ceux-ci. C'étaient des œufs ou un panier de pommes, des fromages ou de la cochonnaille ; des fleurs aussi, parfois, grossièrement enveloppées dans du papier journal et ligotées avec de la ficelle à gerbe.

— Y a ma maman qui m'a dit de vous donner ça…

Je remerciais d'un mot que j'épinglais au cahier du soir. Ces rustiques cadeaux me touchaient.

Un matin, tandis que les plus petits emplissaient une page de « U » et de « V » et que je faisais lire les autres, il se produisit un incident assez cocasse. Un sonore ronflement de soudard s'éleva. Toute la classe éclata de rire et se tourna vers Vic Cugnet : il gisait au travers de sa table, la joue à même le bois rugueux. Il dormait, la bouche grande ouverte.

Je le secouai et il s'éveilla mornement, mais son air abruti me parut plus intense que d'ordinaire. Je me penchai pour examiner ses yeux éteints et je fus chavirée par son haleine. Celle-ci sentait l'alcool, le marc très exactement.

Je me mis à fouiller son bureau, et je découvris une petite « topette » graduée qui avait dû contenir naguère un produit pharmaceutique. Elle était pourvue d'un gros bouchon mal taillé et contenait encore un peu de gnole.

Effarée, je sortis de ma classe et je courus frapper à celle d'Avène.

Depuis qu'il me boudait, j'avais pour ainsi dire oublié sa présence. Elle n'était plus qu'en filigrane de mon activité. Avène, c'était un monsieur quelconque, une sorte de voisin bourru que je voyais déambuler dans la cour et les couloirs et qui, parfois, à travers les portes vitrées, gesticulait en poussant des coups de gueule.

Il était en train de résoudre un problème au tableau. Les pans de sa blouse flottaient autour de lui et sa main sèche bondissait sur la surface lisse, traçant à toute volée des chiffres et des lettres pareils à de gros insectes.

Il se retourna, m'aperçut et, sans quitter son travail, me cria d'entrer.

J'étais intimidée. Il me semblait franchir le seuil d'un sanctuaire. Sa classe n'avait pas la même odeur que la mienne et il y régnait une atmosphère beaucoup plus solennelle.

Je m'arrêtai dans la travée centrale, plus effarouchée que ne l'eût été l'un de mes élèves en pareille circonstance.

Julien Avène termina son problème et me fit face.

— Quel bon vent, collègue ?

— Je… Je voudrais vous parler en particulier.

— Oh !

Il m'entraîna dans le couloir et, avant de sortir, hurla :

— Que j'entende un seul mot, et c'est dix verbes pour toute la compagnie, vu ?

Les premiers froids étaient arrivés ; de perfides courants d'air soufflaient dans le vaste corridor. On entendait le doux martèlement des pieds sur les planchers, car les gamins les plus sages sont incapables de conserver leurs jambes immobiles. D'en haut venaient des bribes de radio et des odeurs d'oignons frits.

— Eh bien, que se passe-t-il ?

Je lui ai montré la petite bouteille.

— Quoi donc ?

— Sentez !

Il a reniflé le goulot.

— C'est du marc ? Alors ?

— Je l'ai trouvé dans le bureau de Cugnet et ce dernier est aux trois quarts ivre !

Avène a éclaté de rire.

— La belle affaire.

— C'est tout ce que ça vous fait ?

— Venez avec moi !

Il m'a fait entrer dans sa classe.

— Dites donc, les gars ! s'est-il écrié, que ceux qui ont une fiole de marc nous la montrent !

Personne ne broncha.

— Je vais faire le tour des pupitres et des cartables et ce sera quinze fois la phrase « Je suis fils d'ivrogne et ivrogne moi-même ! » pour les contrebandiers... Avis !

Une bonne demi-douzaine de « grands » soulevèrent leur pupitre et sortirent de leurs cartables des bouteilles à peu près identiques à celle de mon demeuré.

— Voilà le travail ! dit Avène.

Nous ressortîmes dans le couloir.

— Mais c'est épouvantable, murmurai-je.

— À cause ?

— Ces enfants qui boivent de l'alcool ! Vous trouvez...

— Ces gamins sont des enfants de vignerons. Voilà les froids, leurs parents croient bien faire en leur donnant des calories. Ici la gnole remplace la vitamine B 12, ma chère collègue. Au début ça surprend, mais on s'y fait très bien. Après tout, pourquoi pas !

Je ressentis alors une flambée de rage. J'eus envie de lui griffer le visage.

— On s'y fait quand on est une espèce de sale poivrot ! dis-je. Oui, dans ce cas-là on doit même éprouver une joie sadique à voir des gosses qui vous sont confiés faire l'apprentissage de l'alcoolisme.

Je suis rentrée dans sa classe. J'ai raflé toutes les

bouteilles de marc posées sur les bureaux et je suis allée les fracasser dans le réduit où l'on entreposait le charbon.

Les vapeurs du marc me tournaient la tête, à moins que ce ne fût ma colère. J'étais soûle de honte.

Julien Avène restait piqué au milieu de sa classe et grattait sa barbe d'un air pensif.

— Vague d'austérité, les gars ! a-t-il annoncé. Vous direz à vos parents que la prohibition est rétablie à l'école.

Il s'est approché de moi et m'a soufflé, avec haine :

— Allez faire du cinéma dans votre classe, Cassel. Si jamais vous remettez les pieds dans la mienne, je vous fous une fessée devant tous mes Martiens, vu ?

J'étais beaucoup trop énervée pour pouvoir reprendre les cours. Abandonnant pour un moment mes ivrognes en puissance, je suis montée chez moi.

Une fois là-haut, la détente s'est produite et j'ai éclaté en sanglots. Je pleurais sur cette humanité en péril, je pleurais sur ces destins déjà avortés, sur l'inconscience effroyable des hommes.

Ma porte, que j'avais à peine repoussée, s'est ouverte et j'ai senti la présence de Marthe, toute proche.

— Mademoiselle Cassel, que vous arrive-t-il ?

Elle portait son affreux peignoir, couleur d'eczéma. Je n'avais pas la moindre envie d'être consolée par elle.

— Excusez-moi, ai-je balbutié, j'ai eu un coup de cafard.

— Mais pourquoi ?

— Comme ça.

— Il ne faut pas, vous êtes jeune…

Et j'avais l'avenir devant moi ! Air connu.

Je me suis retenue de respirer afin de stopper mon chagrin. C'était une recette que j'avais inventée étant petite fille. Lorsque j'arrivais aux limites de l'asphyxie, je ne pensais presque plus, pour un temps, à ma peine, et cela me permettait de reprendre le dessus.

Cette fois encore ça a réussi. J'ai essuyé mes larmes.

— Voilà, c'est fini. Les nerfs… Il faut que je redescende, mes gosses sont seuls…

Je suis redescendue leur parler des voies navigables. Mais ils ont bien vu que j'avais pleuré. Ils n'ont pas compris, bien sûr, les raisons de mes larmes, mais elles les ont remués.

L'après-midi, j'ai eu droit à beaucoup de bouquets : dahlias et chrysanthèmes. L'une de mes filles m'a offert un dessin nettement inspiré d'un calendrier des Postes (ma mère avait le même, il représentait une barque amarrée à un saule pleureur). Plus que les fleurs, le dessin m'a touchée.

Il devait être pourtant à l'origine d'un incident très pénible.

CHAPITRE V

À la fin de cette mauvaise journée, Marthe Avène est venue me rendre visite dans ma classe tandis que je corrigeais mes cahiers.

En employant le mot visite, je lui accorde tout son sens. C'était d'une vraie visite qu'il s'agissait. Elle s'était attifée comme si elle se rendait à un thé chez la mairesse. Elle portait une robe marron, des souliers à talons hauts et une jaquette de laine beige.

Elle a frappé. C'était la première fois que la femme de mon collègue mettait les pieds dans ma classe.

— Je ne vous dérange pas ?

— Du tout !

Je ne savais que lui dire. Il m'était difficile de lui proposer un siège.

— Je suis venue vous voir.

Depuis deux mois nous habitions la même maison, et nous ne nous étions presque jamais écartées l'une de l'autre de plus de cent mètres. Pourtant « elle venait me voir ».

Son ton légèrement emphatique laissait présager des choses importantes.

— Oui, Madame ?

— Mon mari m'a parlé de… de l'incident de ce matin !

— Ah ?

Sous quel aspect lui avait-il présenté les choses ?

— Je suis venue vous dire que je vous approuvais entièrement.

Pour une fois, sa voix n'avait plus ces molles inflexions de bigote résignée qui m'agaçaient tant. Elle était ferme et mesurée.

— Merci.

— Et puis…

— Oui ?

— Je suis venue vous demander votre aide.

— Ma foi, si je peux…

— Vous pouvez !

Elle s'est accoudée à ma table et a promené lentement le bout de ses doigts sur ma pile de cahiers.

— Vous faites un merveilleux métier. J'aurais aimé être institutrice. Quand je vois travailler Julien, je me dis que ç'aurait été formidable.

Elle semblait en proie à une curieuse détresse.

— C'est joli, ce dessin !

— Une de mes filles l'a fait pour moi toute seule…

— J'aurais tellement aimé en recevoir de pareils ! Elle a du talent, cette petite…

Cette petite n'avait aucun talent et savait très mal utiliser le papier calque, mais Marthe Avène appartenait à cette catégorie de gens pour qui la peinture est l'art de faire ressemblant. Cette digression l'avait fait dévier de sa requête et maintenant elle n'osait plus la formuler.

— Vous disiez que vous aviez besoin de mon aide, Madame Avène ?

— C'est au sujet de mon mari.

Et soudain j'ai su ce qu'elle allait me demander.

— Vous ne l'avez peut-être pas remarqué, mais il boit beaucoup depuis quelques années. Oh ! il ne s'enivre pas… tout à fait, mais chaque soir il…

Elle est tombée en panne. En panne de mots. Elle n'avait d'ailleurs plus besoin de poursuivre, j'avais tout compris.

— Je ne vois pas très bien ce que je peux faire, Madame Avène. Ce matin il a très mal pris mon intervention, et cependant elle ne concernait que ses élèves.

Elle m'a souri. Maintenant elle n'était plus jalouse de moi. Mon antagonisme avec son mari la rassurait.

— Il l'a très mal pris, mais elle l'a marqué. Si vous le voyiez en ce moment ! Il tourne chez nous comme un ours en cage…

Elle m'a saisi la main.

— Il faut continuer. Vous l'avez, paraît-il, traité de poivrot ?

— C'est vrai. Je ne me souvenais plus.

— Il est furieux, mais il « en a pris un coup ». Continuez de lui faire honte ! Je suis certaine que vous avez adopté le ton qu'il faut !

Il fallait être une épouse aimante pour tenir un pareil langage. Marthe ne se rendait pas compte de l'énormité de ce qu'elle proférait.

— Vous devez m'aider, mademoiselle Cassel ! Vous le devez ! Julien est un homme de valeur, un garçon exceptionnel !

J'ai évoqué l'être que j'entendais marcher au-dessus de ma tête : la blouse grise, la barbe de faux artiste, de faux intellectuel, le regard mauvais, la bouche torve et les affreuses sandales à trous de Julien Avène.

Il avait une drôle de mine, le garçon « exceptionnel ».

— Je vous promets de…

— Merci ! Merci ! Vous savez ce que vous allez faire ? Vous allez venir dîner chez nous !

Je n'en croyais pas mes oreilles. Cette tardive invitation venait vraiment à un moment inopportun.

— C'est impossible, après l'algarade de ce matin !

— Mais au contraire. Vous n'allez pas vous brouiller stupidement…

— Je crois que votre mari n'a pas beaucoup d'estime et de sympathie pour moi. Dès mon arrivée je m'en suis rendu compte…

— Voulez-vous bien vous taire ! Je vous invite ! L'adjoint m'a justement envoyé un poulet. Je les fais à l'estragon, et je ne les réussis pas trop mal, vous verrez !

Elle s'est littéralement enfuie pour ne pas me laisser le temps de refuser.

Franchement, je crois que c'est à cause du poulet que j'y suis allée.

*
*   *

J'étais pleine d'appréhension. Mais Avène m'a accueillie avec le courtois sourire d'un maître de céans bien élevé. C'était la première fois que je le voyais en costume de ville et je dois dire que son complet de confection bleu à rayures grises, lui allait comme un tablier à une vache.

Dans ce vêtement trop grand, il ressemblait à certains représentants douteux qui font du porte à porte pour vous proposer des brosses ou des produits d'entretien. Il avait même noué une cravate bordeaux sur sa chemise à rayures et il était certain, ainsi habillé, de damer le pion au membre le plus smart du Jockey Club.

Lorsque je suis entrée, il s'est écrié, avec un enjouement un peu forcé :

— Tiens ! Voilà la Ligue !

— Julien ! a protesté sa femme.

Il n'avait pas bu et pourtant ses yeux étaient parcourus d'éclats fiévreux.

— Entrez, chère campeuse ! Et prenez une chaise si vous savez encore vous en servir.

Pour devancer les protestations de Marthe qui s'affairait à son fourneau, il a ajouté, d'un ton plaisant :

— Ce qu'il y a de formidable avec Cassel, c'est qu'elle vit à ras de terre. Chez elle, c'est comme au temps de la Rome Antique.

La seule chose que j'aimais de lui, c'était cette façon garçonnière de m'appeler par mon nom de famille. Pour Julien, j'étais devenue « Cassel » tout court. Il pensait à moi comme à un collègue, uniquement, et cela simplifiait les rapports.

Le dîner était relativement modeste. Il se composait d'un potage et du fameux poulet accompagné d'un gratin de courge riche en fromage râpé.

— Dites, Cassel, j'ai raconté à ma femme notre séance de ce matin…

J'ai joué l'innocence.

— Vraiment ?

— Ça lui a tellement plu qu'elle a voulu absolument vous inviter à bouffer.

— J'espère que ça ne vous importune pas trop ?

— Mais non : puisque demain c'est jeudi.

Sa femme lui a coulé un regard suppliant. Elle avait tort de se formaliser, ses sarcasmes ne semblaient pas aigres. C'étaient plutôt les saillies d'un copain blagueur qui vous « charrie » affectueusement.

Il avait débouché deux bouteilles et il s'est mis à remplir les verres à ras bord.

— Je suis contre le guide des convenances, me dit-il, ayant surpris mon regard, je trouve que plus mon hôte emplit mon verre, plus il a de savoir-vivre.

Œillade éloquente de Marthe, laquelle avait repris sa bonne figure sédative et douloureuse.

— Chère campeuse, avez-vous déjà ramassé une cuite dans votre courte vie ?

— Je ne pense pas...

Il a froncé ses épais sourcils.

— Je ne pige pas le distinguo. C'est oui, ou c'est non ?

— Eh bien ! Il m'est arrivé de boire un peu plus que d'ordinaire et d'avoir chaud dans la tête, mais j'ignore si c'est cela l'ivresse.

Julien est parti d'un éclat de rire percutant.

— Voilà une jeune pédagogue qui se déclare pour la tempérance et traite son directeur de poivrot sans avoir ramassé de cuite, tu entends ça, Marthe ?

— Vous avez un étrange raisonnement, monsieur Avène. Selon vous, pour être contre une chose, ou plutôt pour pouvoir être contre en connaissance de cause, il faut l'avoir pratiquée ?

— Exact !

— Ainsi on ne peut blâmer la prostitution sans avoir été catin ?

« On n'a pas le droit de se déclarer contre le crime avant d'avoir tué quelqu'un ?

Il a haussé les épaules.

— Par moments, a soupiré Marthe, mon mari discute comme un gamin. Il s'obstine dans des partis pris insoutenables.

— S'il n'y a plus moyen de plaisanter, s'est écrié Julien.

Il a levé la bouteille pour l'offrir à la clarté de la lampe.

— Voici de l'Hermitage Blanc, Cassel. Une somptuosité de l'Univers. Il n'existe qu'un vin supérieur à l'Hermitage Blanc, c'est l'Hermitage Rouge. Goûtez-moi ça. Goûtez-le avec votre intelligence autant qu'avec votre palais. Songez que vous buvez le sang de la terre. Il n'était pas bête, le citoyen Jésus, en déclarant que c'était son sang ! Il a transformé, ce disant, en vampires, une bonne partie de la population.

Ses propos choquaient Marthe. Il devait s'amuser à la scandaliser par la bande, dès qu'il possédait un autre interlocuteur, car il n'osait pas l'affronter de face.

— Voyons, Julien ! Veux-tu bien te taire !

— Ah ! oui, il faut que je vous dise, Cassel. Mme Avène a de la religion. Ne le répétez pas, mais il y a des bons Dieux dans notre chambre à coucher. Si les gens d'ici savaient ça !

— Julien !

Mais Julien était en verve.

— Au début de notre mariage, j'ai même dû me bagarrer avec une sœur Thérèse et un Curé d'Ars. Le patron encore, je veux bien : la liberté du culte existe. Mais si l'on doit cohabiter avec ses fans, alors… Voilà, vous connaissez nos secrets d'alcôve !

« Et maintenant, buvons !

J'ai trempé mes lèvres dans mon verre. Avène n'avait pas menti : son vin était une pure merveille.

— Finissez votre verre, Cassel, j'ai horreur qu'on chipote, surtout en buvant.

— Je n'ai pas l'habitude !

— En ce cas, prenez-la ! Remarquez que s'il s'agissait de mon Monopol onze degrés, je n'insisterais pas. Avec ses coupages d'Algérie, il est juste bon à soûler un poivrot. Mais ce nectar débouché exige d'être bu !

J'ai bu. Un premier verre, puis un second. Une chaude gaieté s'emparait de moi. Les choses s'éclairaient d'une lumière intérieure, les gens aussi, et je commençais à trouver que les Avène étaient les voisins les plus sympas du monde.

Je ne voulais pas boire mon troisième verre, mais Julien m'y a presque forcée, déclarant qu'avec le poulet on devait boire du vin rouge et qu'il fallait finir la bouteille de blanc. Je voyais bien qu'il me provoquait, me poussait à m'enivrer. J'ai pris cela pour d'innocentes représailles. Après tout, comme il se plaisait à le répéter « demain c'était jeudi ! »

J'ignore si le fameux poulet à l'estragon était la merveille culinaire qu'annonçait Marthe car au moment de l'attaquer, mes facultés gustatives se trouvaient quelque peu altérées.

Julien a entrepris une série de toasts. Nous avons bu à nos santés respectives, puis, ensuite, à celle de nos chers bambins !

C'est après le poulet que j'ai eu la notion approximative de mon état. Les mots ne suivaient plus ma pensée. Ils ressemblaient à des wagons non attelés qu'un tracteur sur rails pousse le long des voies et qui s'écartent les uns des autres ou se rejoignent selon le caprice des déclivités. Les Avène se sublimaient de plus en plus dans des vapeurs dorées. Ils resplendissaient comme des vitraux d'église. Le rire de Julien, ses inflexions métalliques, constituaient une allègre musique.

— Savez-vous, Cassel, que ma femme a beaucoup admiré un dessin qu'une de vos pisseuses vous a offert ?

— Je le… je lui le…

— Prenez votre élan, chère collègue, et buvez un coup : ça regroupe le vocabulaire !

J'ai bu. Ce vin était du vrai velours.

— Je demanderai à la petite Rigolier d'en faire un autre…

— Je ne voudrais pas vous déranger, mademoiselle Cassel.

C'était Marthe qui parlait, mais d'une voix complètement « aplatie ».

— Oh ! ça ne… Je…

— Buvez !

Ils ont débouché du champagne. Marthe a trempé son index dans sa coupe et l'a porté derrière l'oreille de son mari.

— Ça porte bonheur, lui a-t-elle balbutié en le couvant d'un regard amoureux.

Julien a secoué la tête, comme pour fuir le contact.

— Du bonheur, ma chère Marthe, tu m'en donnes assez comme ça ! Nous allons vider cette coupe au talent de la petite Rigolier. Noble enfant, cette Marinette Rigolier. Son père n'est pas son père, sa mère est la fille de son grand-père et la maîtresse du valet ! Mais Marinette Rigolier existe ! Marinette Rigolier continuera ce pays avec les trente autres petites femelles auxquelles nous essayons d'apprendre que les mots en « al » font leur pluriel en « aux » et que Copenhague est la capitale du Danemark. Et nous, Cassel, de quel droit enseignons-nous à Marinette Rigolier que Copenhague est la capitale du Danemark, puisqu'elle n'ira jamais au Danemark ! Et d'ailleurs l'avons-nous vérifié ? Supposez que tout cela soit une monstrueuse fumisterie ? Supposez qu'on nous ait induits en erreur et que le Danemark n'existe pas, hmmm ? Ce durillon sur la carte d'Europe, Cassel, nous avons le devoir de le mettre en doute ! L'Hermitage Blanc existe, nous en buvons ! Marinette Rigolier existe aussi : elle nous dessine des chefs-d'œuvre et nous demande la permission d'aller aux cabinets en opposant son pouce à son médius et en les faisant claquer ; mais qui nous prouve le Danemark ?

Je riais aux larmes. Julien Avène faisait de grands gestes cocasses pour ponctuer sa diatribe. Il ne les réprimait que pour verser à boire. C'est ainsi que la bouteille de champagne a été vidée. Ensuite il a ordonné à Marthe d'aller chercher sa bouteille à grand spectacle ! Il s'agissait d'un litre de marc à l'intérieur duquel il avait fait pousser une poire.

Le fruit était presque aussi large que la bouteille et il avait une belle couleur jaune.

— C'est pas spectaculaire, ça, Cassel ?

— Comment avez-vous fait ?

— Il m'a fallu une demi-douzaine de tentatives. J'introduisais la tige de poirier dans la bouteille lorsque la poire n'était encore que fleur et je suspendais la bouteille à l'espalier ; mais la fleur mourait, ou si elle donnait un fruit, celui-ci s'atrophiait et pourrissait. Alors un jour, Cassel, j'ai eu l'idée du siècle. J'ai pris la plus belle poire du jardin et je l'ai introduite dans la bouteille au moyen d'un entonnoir.

Cela faisait des mois que je n'avais autant ri. Et malgré mon ivresse, je mesurais à quel point j'en avais besoin. C'était plus réparateur que le sommeil ou la nourriture. Cela faisait du bien au corps et à l'âme.

— Goûtez-moi ce marc !

— Non, je ne peux plus.

— Goûtez ! C'est un ordre, Cassel. Je suis votre directeur.

J'ai goûté. Les Indiens avaient raison d'appeler l'alcool de l'eau de feu. On ne pouvait mieux exprimer ses effets.

Ce feu m'a embrasé le tube digestif.

— Vous voyez bien que le marc est une denrée propre à la consommation, Cassel ? L'opération coup de fouet, comme sur la 4 CV ! On a l'impression d'avoir des muscles, de la volonté, du charme et l'intelligence la plus formelle !

Il remuait doucement la bouteille. La grosse poire dansait mollement dans le marc.

— Un jour, une maladresse me permettra de manger cette poire. J'attends cette maladresse. Je l'espère avec dévotion, tout en manipulant cette bouteille comme s'il s'agissait d'une bombe amorcée.

Il a encore parlé, mais le reste s'est perdu dans une espèce de murmure confus… Je me suis sentie très ivre, un peu malade aussi.

— Je veux rentrer me coucher…

— Encore une larme, Cassel.

— Non… Peux plus…

— Tu devrais la raccompagner, Julien !

Comme si j'habitais à l'autre bout du pays. Je n'avais qu'une pièce et un vestibule à franchir. Puis un palier et un autre vestibule. Je me suis levée en disant « non ». La salle à manger des Avène s'est mise à tourner. Lentement d'abord, puis de plus en plus vite. Les meubles tourbillonnaient, montant et descendant comme sur une mer démontée. J'ai fait une embardée et ma chaise s'est renversée. Je serais tombée aussi si Julien ne m'avait retenue.

— Oh ! Ça tangue, collègue…

— Vous m’avez trop…

— Vous pourrez cuver demain, c’est jeudi.

C’est jeudi ! C’est jeudi ! C’est jeudi !…

La phrase tournait plus vite que la salle à manger. J’ai fermé les yeux et me suis abandonnée. Je n’avais plus la volonté de me tenir debout.

— Ouvre-moi la porte, Marthe.

Il m’a prise dans ses bras. Un bouton de sa veste me meurtrissait la hanche. J’ai deviné qu’on traversait le palier à cause du courant d’air et de la tenace odeur d’eau de javel.

En pénétrant chez moi, il m’a cogné la tête contre le montant de la porte ; le choc fut rude mais j’étais devenue insensible à la douleur.

— Tu as besoin que je t’aide ? a crié Marthe à la cantonade.

— Pas la peine. Je la mets sur son lit…

Il m’a couchée sur le lit. J’ai deviné qu’il m’enlevait mes souliers. Ma jupe était retroussée, je ne pouvais pas la rabattre. À travers mon brouillard, j’ai vu qu’il me contemplait. Debout, près du lit, il fixait mes cuisses, les bras ballants, une paupière plus basse que l’autre.

Ce regard fixé sur mon corps me torturait. J’ai remué les lèvres, seulement aucun son n’en est sorti. D’ailleurs je n’arrivais pas à composer ma pensée, ni à trouver des mots susceptibles de la formuler.

J’ai fermé les yeux et tout s’est désagrégé, tout s’est obscurci !

Un néant capiteux s’est refermé sur moi.

*

* *

Mon sommeil fut nauséeux et peuplé de cauchemars. J'escaladais une immense poire, grande comme une montagne, dont les parois étaient poisseuses. Et quand j'arrivais au sommet de la poire, je distinguais un jeudi, flottant dans de l'alcool. Le jeudi, c'était le ciel, un beau ciel bleu, immense et cependant contenu dans une bouteille.

Je dus me réveiller et me rendormir très souvent. J'eus froid, et puis j'eus trop chaud. Chaque fois, la réalité m'échappait. Je ne pouvais ouvrir les yeux, c'était au-dessus de mes forces. J'avais conscience du jour, mais j'étais inapte au vrai réveil. Chose curieuse, je n'avais pas envie de vomir.

Le mal que je subissais était d'un autre ordre : mon cœur battait très vite et très fort et j'avais des morceaux de craie à la place des dents. Une sourde douleur me poignait, en plein ventre. Par instants elle s'irradiait puis s'assoupissait aussitôt pour ne plus se manifester que par de perfides lancées. Mais c'était dans mon crâne surtout que les choses allaient mal. Tous les carillons du monde s'y étaient donné rendez-vous pour sonner le plus cruel des tocsins.

Beaucoup de temps s'est écoulé, en pointillés. J'avais des périodes d'inconscience, puis mes douleurs me ranimaient.

Quand enfin j'ai pu ouvrir les yeux et regarder autour de moi, je me suis aperçue qu'il faisait soleil. Un soleil d'hiver plus triste que la grisaille des autres jours, mais dont mes yeux meurtris soutenaient cependant mal l'éclat.

Beaucoup de temps encore s'est écoulé, pendant lequel ma souffrance n'a fait que croître. Enfin j'ai perçu un bruit, et Julien a surgi brusquement devant moi, comme en un rêve.

— Comment ça se passe, collègue ?

Ma mimique a dû lui suffire pour lui indiquer où j'en étais.

— Vous avez l'air bougrement mal en point !

— Oui.

Mon premier mot. J'avais l'impression de n'avoir jamais parlé avant cette syllabe.

— Il est bientôt midi...

Qu'est-ce que ça pouvait bien me faire, l'heure ? Le jour... Jeudi ! Jeudi ! Jeu-di ! Jeu-di ! Comme les deux notes d'une sirène de pompiers.

— Vous voulez une tisane ?

Avaler quelque chose ! Seigneur, comment pouvait-on même envisager une telle abomination ! Désormais je n'ingérerais plus rien. C'était décidé. Mon corps se nourrirait de lui-même en attendant de pouvoir se dégager tout à fait de cette effrayante nécessité.

Avène s'est assis au bord du lit. Il est resté un moment silencieux, puis il a balbutié :

— Pauvre vieux !

Sa pitié m'était aussi importune que l'idée de manger ou de boire.

Il a promené sa main sur ma jambe toujours dénudée. Je m'en foutais, je n'avais plus de pudeur. Mes moyens physiques ne me permettaient pas ce luxe.

— Il faut que je vous dise, petite. Cette cuite, ça n'est pas tout à fait de ma faute. C'est la vieille qui a voulu. Pour venger son Julien chéri que vous aviez traité de poivrot. Machiavélique, hein ? Elle a tout combiné. Et moi, ça m'a amusé, l'idée de vous voir pompette. Elle a l'air gentille, comme ça, mais c'est une furie. Et de la pire espèce : la furie rentrée, la furie qui sourit.

Tout en parlant, il continuait de caresser ma jambe.

Sa main montait jusqu'à ma cuisse et s'arrêtait à la limite du bas.

— Tu vois, petite, comme on gâche sa vie, lorsqu'on aime trop les pommes vapeur ?

Je n'ai pas réalisé tout de suite qu'il me tutoyait. Tout s'opérait en moi avec un certain décalage.

Avène a ôté sa main de ma jambe et il a encerclé son genou.

— Je profite de ce qu'elle fait son marché pour venir te voir. Elle a eu tort de te faire soûler. Si tu savais comme tu m'as plu, hier soir, ivre. La plus fragile de tes mômes n'est pas plus fragile que tu l'étais. Ce que le vin te va bien… Tu vois, moi, c'est le matin. Une cuite, c'est comme un tableau sur lequel on repeindrait. La première couche est sans intérêt. Ce qui compte, c'est la seconde. Je suis un artiste de la saoulographie, moi. Il faut en mettre une couche très épaisse, sans trop se soucier de la couleur. Tu laisses sécher. Et puis alors, le lendemain, tu prends ton pinceau, et tu te mets sérieusement au travail. C'est à ce moment-là que l'inspiration vient te visiter… Tu vas voir.

Il est sorti un instant et quand il est revenu, il tenait une bouteille de vin blanc à la main.

La vue du flacon m'a arraché les entrailles.

— Ça te fait peur, hein, petite ? Avoue… Eh bien, tu vas boire tout de même. Aie confiance, je sais ce que je dis… Allons, ouvre ta bouche !

Je le voyais mal, mais jamais je ne l'avais vu aussi ivre. Comme je serrais farouchement les dents, il a fait ce qu'on fait aux bébés pour leur faire avaler une potion : il m'a pincé le nez. J'ai tenu bon quelques secondes, mais j'ai dû ouvrir la bouche. Je l'ai ouverte d'autant plus grande que ma suffocation était excessive. Avène m'a entonné le goulot en me soulevant le buste.

— Allez, avale ! Je te jure que ça passera...

J'ai avalé. Il a donné une nouvelle secousse à la bouteille. Un flot de vin blanc a balayé ma gorge. J'ai toussé, craché, mais j'ai encore bu tout de même. Et, chose curieuse, je sentais qu'il avait raison. Effectivement le vin blanc passait bien. Il me brûlait la gorge, mais calmait mes douleurs stomacales.

— Là, tu vois. Je ne suis pas un artiste dans mon genre, dis, petite ivrogne ?

Il a bu au goulot, longuement. Sa pomme d'Adam déjà proéminente semblait devoir lui trouer le cou. Elle bondissait chaque fois qu'il avalait une gorgée, et ce soubresaut me fascinait. On eût dit qu'il avait un petit animal dans le gosier. C'était affreux.

Ayant bu, il s'est assis de nouveau au pied de mon lit.

— Tu es belle, tu sais ! Tu as des jambes fantastiques. Tiens, Françoise, je vais te faire une confidence : je n'avais jamais vu que les jambes de ma vieille jument. Et puis si, des jambes de putains, avant. J'aimais bien les putains. On les paie. Seulement ce ne sont pas exactement des femmes, tu comprends ? Leurs jambes ce ne sont pas des vraies jambes, mais des chevalets à sexe ! Je te choque pas, dis ? Le moment arrive fatalement où l'on doit tout se dire, non ? Je sais que le jour arrivera où je dirai à la vieille qu'elle est vieille. Seulement j'attends qu'elle en soit tout à fait persuadée pour ne pas avoir à l'en convaincre. Les femmes sont tellement bizarres ! *Elles ne veulent pas*, tu saisis ? C'est simple ! Et c'est ça qui fait leur force. Tu ne dis rien, Françoise ? Je sais bien que je te choque. Et puis tu es malade à crever, ma pauvre môme… Encore une goutte ? Si, bois… Ça soulage… Et comme ça, tu connaîtras mes pensées…

Il a ri.

— Elles ressemblent aux chiottes de la cour. Bois. Après tu redormiras ; et tu seras tout épatée ce soir de constater que tu es presque guérie… Moi je vais rentrer dans ma tanière. Je penserai à toi, Françoise. À toi, si jolie dans ton lit. Tu n'as pas froid ? Je te couvrirais bien les jambes, mais ça serait dommage. Elles sont si belles… Je vais y penser toute la journée. Au revoir !

Il est allé jusqu'à la porte en balançant la bouteille. Mais au moment de sortir il s'est ravisé et il est revenu à moi.

— Demain, il ne faudra plus penser à tout ce que je viens de te dire, sans quoi la vie ne serait plus possible, tu comprends ? Si jamais tu y penses encore…

Il a eu une expression terrible.

— Si jamais tu y penses encore, je te prends la mémoire, comme ça…

Il a esquissé un geste affreux d'étrangleur.

— Et je te la tords, comme on essore le linge. Au revoir, petite fille !

CHAPITRE VI

Le lendemain j'avais ma mémoire intacte, bien sûr, pourtant elle ne me racontait que des souvenirs incertains. Je ne la croyais pas. Je savais que les choses s'étaient bel et bien passées ainsi, mais elles restaient improbables ; quelque chose en moi les niait, les refusait.

J'avais une mine épouvantable : les yeux cernés de jaune, des plis de chaque côté de la bouche et plusieurs rides au front. Mon corps était comme dévasté. Je ne souffrais plus, mais il est des guérisons lancinantes.

Je me suis abattue à ma table, comme une mouette blessée sur un rivage. Plusieurs de mes filles s'aperçurent de mon délabrement et l'une d'elles me demanda à la récréation si je n'étais pas malade. Je lui répondis que j'avais la grippe et l'après-midi, elle m'apporta – ô horreur ! – une bouteille de marc pour la soigner.

Le matin, à notre rencontre dans la cour, Julien Avène m'avait décoché un salut distant. Il regrettait tout en bloc, cela se sentait : de m'avoir enivrée et surtout de m'avoir appris que le coup avait été prémédité par son horrible épouse. Il m'en voulait de m'avoir fait toutes ces déclarations ; ce fatras de confidences et de confessions, de déclarations et de grossièretés devait le tarauder sérieusement.

Marthe, que je n'avais pas vue la veille, descendit de chez elle au moment où mon rang regagnait la classe. Elle me pressa affectueusement la main, et je surpris cette fois la perfidie de son regard mielleux. Cette femme me haïssait. Elle m'en voulait d'être l'auxiliaire de son mari.

— Vous souvenez-vous de votre promesse de l'autre soir, chère mademoiselle Cassel ?

— À vrai dire, je ne me souviens plus de grand-chose, lui dis-je froidement. Je crois que votre mari s'est bien vengé de mes sarcasmes !

Elle rougit un peu, puis, comme si le sujet lui tenait à cœur, revint à la charge.

— Vous m'avez promis un dessin d'élève.

— Peut-être en obtiendriez-vous un bien meilleur par le truchement de M. Avène, puisque lui s'occupe des grands ?

Elle sourcilla. Son instinct de femme l'avertissait que j'étais au courant de son piège, ou du moins que je l'avais éventé.

— Justement, c'est la fraîcheur de vos petits qui me plaît.

— En ce cas, je vais passer la commande, ai-je souri.

Lorsque mes Martiens furent assis, je frappai ma table à coups de règle comme chaque fois que j'avais une déclaration à leur faire.

— Lequel d'entre vous aimerait faire un dessin pour Mme Avène ? demandai-je.

J'attendais une levée de mains frénétiques, mais, à ma vive surprise, personne ne broncha.

Je répétai encore une fois ma question en promenant un regard insistant sur mon jeune auditoire. Les Martiens baissaient la tête les uns après les autres au fur et à mesure que mes yeux se posaient sur chacun. J'avais envie de les embrasser, tous. Je sentais monter de leurs bancs une infinie complicité. Nous appartenions, eux et moi, à la même catégorie d'individus : à celle qui haïssait Mme Avène.

— Très bien, dis-je, puisqu'il en est ainsi, je vais en nommer un d'office. René Duranton, qui est le meilleur en dessin, en fera un.

Le choix constituait à la fois un pensum et une flatterie et le garçon désigné me le fit sentir en arborant une expression morose et orgueilleuse.

— Qu'est-ce qu'y faudra dessiner ? bougonna-t-il.

— Ce que tu voudras.

— J'sais pas, moi !

— Eh bien, tu réfléchiras. Surtout applique-toi…

À la fin de la classe, tandis que les Martiens endossaient leurs pèlerines ou leurs canadiennes dans le couloir, j'appelai Paul Boudrier. Il s'approcha de l'estrade assez timidement, sentant que cet entretien avait un caractère extra-scolaire.

— Dis-moi, Paul, pourquoi personne n'a-t-il levé le doigt quand j'ai demandé un volontaire pour le dessin ?

— J'sais pas, mademoiselle.

— Regarde-moi.

Ce gosse possédait les yeux les plus clairs que j'eusse jamais vus. J'aimais son air attentif et cette volonté de comprendre qui sont les reflets de l'intelligence.

— Réponds-moi franchement. Si j'avais demandé un dessin pour moi, tu crois que vous auriez accepté ?

— Bien sûr, mademoiselle.

— Alors ?

— Mme Avène, c'est pas une maîtresse.
— C'est tout ?
Il hésitait, ce qu'il avait envie de dire lui paraissait énorme, mais il le dit cependant.
— Et puis on ne l'aime pas.
— Pourquoi ?
— Elle est méchante !
— Comment peux-tu dire cela ! Elle t'a fait quelque chose ?
Il me considéra avec étonnement. Ma dernière question le faisait douter de ma loyauté.
— On le voit bien…
Sa nature paysanne reprenait le dessus. J'aurais beau le presser de questions, il n'irait pas plus loin dans les confidences.
— Merci, tu peux aller.
Les braves gosses !

*
* *

René Duranton me remit le dessin le lendemain. Au moment où il vint à l'estrade me le donner, il y eut des gloussements dans les rangs. Les autres se poussaient du coude et des filles pouffèrent. Le jeune Duranton lui-même (un petit pruneau d'aspect débile avec des yeux de mulot) avait du mal à conserver son sérieux. J'évitai de le questionner sur la cause de cette hilarité, car crever une digue n'a jamais été le moyen idéal de contenir une inondation.

Je pensais que le sujet traité expliquait le fou-rire de la classe aussi fût-ce avec appréhension que je jetai les yeux sur le dessin. Celui-ci n'avait absolument rien de comique.

Il représentait un bouquet de chrysanthèmes ou de reines-marguerites, dans un vase, et l'enfant s'était appliqué ainsi que je le lui avais recommandé.

— C'est très bien, le complimentai-je.

Ce fut du délire. Une brusque clameur emplit la salle. Je ramenai le silence tant bien que mal et je m'empressai de faire disparaître le chef-d'œuvre dans un cahier. J'étais persuadée que ce n'était pas le dessin, mais la personne à qui il était destiné qui provoquait cette joie générale. Les gosses rient d'un rien.

Le soir, en remontant chez moi, ma préparation terminée, je frappai chez Avène. Marthe vint m'ouvrir et, sans un mot, je lui tendis le dessin. Elle parut sincèrement touchée, mais n'était-ce pas de l'hypocrisie ? Ne m'avait-elle pas eue, le mercredi soir, avec son air benoît ?

Je rentrai chez moi et me fis cuire des œufs coque. Je m'apprêtais à les manger quand ma porte s'ouvrit à la volée et j'eus droit au couple Avène, dans des attitudes dramatiques. Marthe brandissait le dessin.

— Merci du cadeau, fit-elle en le jetant sur ma table.

— Qu'y a-t-il ?

Elle se tourna vers son mari.

— Elle le demande !…

Avène, malgré sa mine grave, avait un bout de sourire dans les poils de sa barbe.

Il s'avança et posa le doigt sur l'une des fleurs du dessin.

— Regardez cette marguerite d'un peu près, Cassel.

Alors j'eus l'explication du fameux fou-rire. Les pétales d'une des fleurs étaient constitués par des lettres arrondies.

En tournant le dessin, on découvrait la phrase suivante, enroulée sur elle-même : Merde pour la vieille.

— Bravo pour vos élèves, mademoiselle Cassel. Je vois que dans votre classe on cultive l'esprit en même temps que le dessin.

Puis, se tournant vers son mari :

— J'espère que demain tu te chargeras toi-même de punir ce petit voyou.

— Compte sur moi, grommela Avène.

— Que ceci ne vous coupe pas l'appétit, mademoiselle Cassel, bonsoir !

Elle poussa Julien devant elle pour le forcer à sortir le premier. La porte claqua. J'attendis un instant, puis je mis le dessin devant moi et je mangeai mes œufs en le contemplant amoureusement.

*

* *

Le lendemain matin, la punition du jeune Duranton revêtit la pompe et le cérémonial d'une exécution capitale.

Le matin, après le coup de sifflet destiné à grouper les Martiens pour la rentrée, Avène se campa sur le seuil de l'école.

— Un instant ! fit-il.

Je n'avais pas encore remarqué la baguette de noisetier qu'il faisait siffler le long de sa jambe.

Marthe était à sa fenêtre, attentive, souriante. Elle me fit songer à une mante religieuse ou à une araignée tapie dans sa toile.

— Avant de rentrer, poursuivit Avène, je veux régler une petite question…

La baguette fouettait les pans de sa blouse gonflée par le vent.

— Nous avons ici un prodige du dessin, n'est-ce pas, Duranton René ?

Mon gamin devint d'un très beau vert qui eût intéressé Toulouse-Lautrec.

— Avance !

Mais l'enfant, terrorisé, ne bougeait pas. Ce fut Avène qui se déplaça.

— J'ai des remerciements à t'adresser, Duranton René, de la part de Mme Avène à qui tu iras demander pardon tout à l'heure. J'y joins les miens…

Il leva la baguette. Le gosse s'était recroquevillé avec les bras en parade au-dessus de la tête.

Il allait frapper. Un besoin sadique de cogner ce gosse.

Ce fut plus fort que moi. Je me précipitai.

— Monsieur Avène, dis-je, je vous interdis de frapper cet enfant. Il est mon élève et je me réserve le droit de le punir à ma convenance.

Julien en eut le souffle coupé. Il se détourna légèrement, la badine toujours levée, infiniment ridicule dans cette attitude de Père Fouettard importuné.

— Vraiment ! fit-il.

C'était plutôt pauvre comme réaction et il s'en rendit compte.

— Vraiment !

Il dit, presque bas :

— Vous rendez-vous compte de la situation dans laquelle vous me mettez ?

— Parfaitement, et je m'en moque ! Si vous touchez ce gosse, je quitte l'école immédiatement et je donnerai les raisons de mon départ à l'Académie.

La badine s'abaissa lentement. Il restait un morceau de feuille à son extrémité.

Ils avaient tous des visages de Judas en passant devant nous.

Lorsqu'ils ont été rentrés, voyant que nous ne les suivions pas, la horde de jeunes sauvages s'est mise à jacasser ferme. Leurs frimousses rougeaudes grouillaient derrière les vitres. Ils nous guettaient, excités par l'incident, réalisant parfaitement toute sa gravité et se demandant quelle suite il allait comporter.

Au premier, Marthe ferma bruyamment sa fenêtre, mais son visage blafard resta embusqué derrière le rideau à grosses grilles.

— Qu'est-ce qui vous a pris ? demanda Avène.

— Je ne peux pas supporter de voir frapper un enfant, surtout avec un bâton. C'est… c'est lâche !

— Alors je suis un lâche ? répéta-t-il en me décochant un regard fielleux.

— Oui. Vous tenez une baguette à la main pour oublier celle avec laquelle on vous fait marcher vous-même. Vous vouliez donner cette correction dans la cour afin que votre femme puisse en profiter. C'était un petit spectacle pour la calmer, exact ?

— Alors ?

— Alors rien… Je pense que nous devrions rentrer.

— Attendez…

— Non, les Martiens nous surveillent.

— Vous venez de me faire perdre la face ; vous le savez ?

— Perdre la face aux yeux de Mme Avène ou aux yeux des gosses ?

— Vous êtes une petite garce, Cassel.

— Je ne pense pas.

Je suis entrée. En m'apercevant, mes élèves ont

cessé leur chahut. L'auteur du dessin, le dénommé Duranton René, jouait les vedettes. J'ai lu toute la suffisance du monde dans ses yeux.

Je me suis approchée de lui en le fixant. Il n'a pas cillé, et ma gifle l'a étourdi de confusion. Il y a eu instantanément un silence impressionnant.

— Tu me feras cinq cents lignes ! ai-je déclaré après avoir respiré à plusieurs reprises pour dissiper mon émotion.

On a frappé à ma porte. J'ai vu Avène, derrière la vitre, qui me regardait en souriant. Il avait un pouce levé pour m'exprimer son approbation.

Pendant près d'une heure, ç'a été la routine : écriture des petits, récitation des leçons des plus grands…

Soudain Avène est entré dans ma classe sans frapper. Il avait l'air d'un fou. Son regard brillait et sa démarche était précipitée. Il accrocha le plumier d'un élève avec le pan de sa blouse et la boîte tomba en produisant un bruit creux.

Sans me regarder, il alla au tableau noir, celui qui était monté sur roulettes et qu'on pouvait utiliser sur ses deux faces. Il cueillit une craie dans la boîte et passa derrière le tableau pour y écrire quelque chose. Sa main nerveuse galopait sur le rectangle de bois noir avec des petits claquements secs.

On ne voyait que ses jambes minces et le bas de sa blouse. Il brisa la craie dont un morceau tomba.

Puis il ressortit de sa demi-cachette et jeta le bout de craie qui lui restait dans la boîte fixée au bas du tableau.

Il toisa alors l'assistance et déclara d'une voix mauvaise :

— Quand le directeur rentre, je vous prierai de vous lever, compris ?

Les gosses se regardèrent, les plus futés se dressèrent, imités par les autres. Avène attendit que tous fussent debout. Après quoi il sortit et mes Martiens me regardèrent.

— Asseyez-vous, dis-je. M. Avène a parfaitement raison, lorsqu'une grande personne pénètre dans votre classe, vous devez vous lever et rester silencieux.

Je suis passée derrière le tableau.

Une phrase énorme le traversait un peu en biais, déployée comme un étendard dans le vent :

Je t'aime, collègue.

J'ai pris l'éponge filandreuse et j'ai effacé chaque lettre l'une après l'autre.

CHAPITRE VII

Quand mes garnements furent partis, je retournai derrière le tableau. Bien que j'eusse consciencieusement effacé la déclaration de Julien, je la relisais sans peine dans l'espèce de bouillie crayeuse souillant l'envers du tableau.

Elle m'effrayait comme une menace.

D'ailleurs, n'en était-ce pas une ?

Avène était l'homme des excès ; un refoulé qui, parfois, devait éclater dans sa peau trop étroite. En venant m'écrire son amour, comme un chien hurle le sien, il n'avait fait que céder à un tourment trop insistant. Une autre eût peut-être été flattée d'inspirer ce sentiment à un homme comme Julien Avène, moi pas. Je n'éprouvais que de la peur, mais une peur jusque-là inconnue : froide et muette. Une peur que seule l'imminence de votre mort peut vous causer.

Je découvris qu'Avène m'épouvantait, non pas depuis son brutal aveu, mais depuis le premier jour. Cela avait débuté au moment de mon arrivée à Glunois, quand je l'avais vu frotter la triste carrosserie de sa 2 CV.

J'avais mille raisons de m'alarmer. D'abord et avant tout : il était marié. Une jeune fille, vierge comme je l'étais malgré mes mines d'affranchie, redoute l'homme marié comme la poule redoute le renard. C'est une crainte originelle à laquelle nulle n'échappe. Ensuite je le trouvais vieux. Vieux par son âge et vieux surtout par celui de sa femme. Il était ivrogne. Il était méchant, peut-être même cruel.

Lorsque je ressortis de derrière le tableau, je le vis debout au fond de ma classe, planté sur ses jambes comme un homme qui se prépare au danger. Et pourtant il n'avait rien d'un combatif à cette minute, avec son grossier cache-nez de laine tricoté par Marthe, sa blouse maculée d'encre et ses éternelles, ses ridicules sandales trop plates.

Je dus rougir en l'apercevant car j'eus brusquement chaud à la tête.

Je grimpai sur mon estrade, comme si elle eût constitué un refuge inexpugnable.

Il attendit un instant. J'aurais dû parler, mais je ne trouvais absolument rien à lui dire.

Alors il s'avança d'un pas traînant. Il me parut harassé. On eût dit qu'il arrivait de très loin.

Il s'accouda à ma table, face à moi, prit mon porte-plume et le piqua dans une grosse gomme sur laquelle j'avais dessiné un domino (le double six, naturellement).

— Dites, Françoise…

— Non ! me défendis-je.

— Françoise, je ne sais pas ce qui m'arrive, ou plutôt je le sais trop bien. C'est la première fois, vous comprenez, alors à mon âge c'est dur à identifier. Au début on se demande si c'est la grippe ou un ulcère à l'estomac… Je suis fils de péquenod, ma jeunesse je l'ai passée à travailler pour m'élever…

Il ricana :

— Comme si une estrade de vingt centimètres élevait un homme. Après, il y a eu la vieille, là-haut, avec ses confitures. Elle avait quelque tempérament et j'ai cru que c'était ça l'amour… Pouah ! Depuis que je vous vois, je la vois aussi. Vous m'avez posé des lunettes sur le bout du nez, sans vous en rendre compte. C'était pas un service à me rendre.

« Bon, voilà, tout ça c'est de la littérature d'emballage. Je vous aime, Françoise…

— Pas moi !

On eût dit que je venais de lui donner un coup de fouet. Il a rentré la tête dans les épaules.

— C'est pas possible. Il n'y a que dans les bouquins que des types aiment sans être aimés.

— Je ne vous aime pas. Absolument pas.

Ma voix était ferme et je soutenais l'éclat insolite de son regard fiévreux.

— Ne dites pas ça !

— Je le dis parce que c'est la vérité. Je vous serais reconnaissante de ne jamais plus me parler de… heu… de ça, monsieur Avène. Sinon je serais obligée de demander mon changement !

Je pensais qu'il allait battre en retraite, mais il ne broncha pas.

— C'est marrant, fit-il, j'ai l'impression que tu me tues ! J'ai envie de gueuler au secours…

Je vis qu'il avait des larmes plein les yeux. C'étaient elles qui rendaient son regard si brillant. Elles ne m'attendrirent pas ; elles ne firent qu'augmenter mon effroi.

— Laissez-moi corriger mes cahiers, s'il vous plaît.

— Entendu, collègue !

Il fit un rire pareil à une toux avortée et partit. Il me fallut un bon moment pour reprendre mes esprits. Je croyais à la sincérité d'Avène. Ce n'était pas un plaisantin et il m'avait tenu ce langage comme les vieux briscards vont chez le médecin : parce qu'il ne pouvait vraiment pas faire autrement.

*

* *

Ce soir-là, une pluie de fin d'automne, lourde et froide, tombait sur les vignobles. À travers mes vitres embuées, je regardais la nuit gorgée d'eau. Il n'y avait pas de ciel et les lumières de Glunois chaviraient dans une ouate visqueuse. Je me sentais perdue au fond de mon logement comme au fond d'un cimetière. Il faisait froid, je n'avais pour le chauffer que le fourneau de la cuisine, ce qui s'avérait très insuffisant. Les bourrasques hurlaient dans la grande bâtisse et j'entendais gémir l'école comme un navire torturé par la tempête.

Mon frugal repas terminé, j'avais essayé de lire, mais les caractères imprimés dansaient une ronde folle devant ma vue.

Je m'aperçus, en refermant le livre, que ma vie suait l'ennui ; j'aimais bien mes Martiens, mais ils ne suffisaient pas à lui donner un rythme. Je me dis que je devrais abandonner l'enseignement pour un quelconque emploi de secrétariat.

Comme j'arrivais à cette conclusion, on frappa chez moi. Je ne fermais jamais ma porte. Par peur. J'avais peur de mon appartement, uniquement, et pas du tout des incidences extérieures.

— Entrez !

Marthe apparut, serrée dans son éternel peignoir. Elle avait un visage que je ne lui connaissais pas.

— Mademoiselle Cassel, je voudrais vous demander un grand service…

Elle m'en avait déjà demandé un le mercredi soir, la vieille garce !

— … Pouvez-vous aller chercher le docteur ?

— Qu'y a-t-il ?

— Mon mari semble très malade.

— Malade ?

— Figurez-vous qu'il a bu un litre de marc. Vous m'entendez ? Un litre complet, exactement comme si c'était de l'eau. Ensuite il s'est écroulé. J'ai réussi à le mettre au lit, mais ça n'a pas l'air d'aller du tout.

— Bon, je file.

L'incident faisait diversion à mon état de délectation morose.

Je pris mon imperméable et je me mis à galoper sous la pluie en direction du village.

Le docteur habitait une maisonnette drapée de lierre derrière l'église. C'était un nouveau, tout jeune, éternellement vêtu d'un blouson de daim, qui avait l'air d'un étudiant trop sérieux. Il était encore à table. Je l'aperçus à travers les vitres de sa salle à manger. Il vivait seul avec une vieille servante qui devait appartenir depuis un demi-siècle à sa famille et à laquelle ses parents l'avaient pour ainsi dire confié.

La femme le prévint de ma visite. Je le vis s'essuyer la bouche et se lever, abandonnant un plat gratiné qui me fit confusément envie. Il ne me connaissait que de vue. Nous nous étions rencontrés à plusieurs reprises dans le village et il me saluait chaque fois d'un hochement de tête préoccupé.

— Bonsoir, mademoiselle.

— Je viens vous chercher pour mon collègue, docteur. C'est urgent…

— J'y vais tout de suite.

— Merci.

Je sortis ; mais il me rappela.

— Attendez, pas la peine de vous tremper, je vais vous monter !

Il courut, sa trousse à la main, jusqu'à 4 CV stationnée devant le portail et vint me ramasser sous la verrière de son porche.

— De quoi souffre-t-il ?

— D'une bouteille de marc, fis-je.

— Il s'est coupé ?

— Non, et elle ne lui est pas non plus tombée sur la tête : il l'a bue.

Il conduisait, le buste droit. Au volant il avait l'air plus appliqué encore.

— Qu'appelez-vous une bouteille ?

— Un litre, soit cent centilitres, comme le précisent les bouquins de calcul de mes Martiens.

— De vos quoi ?

— Mes Martiens, ce sont mes élèves que j'appelle ainsi.

Il ne rit pas et murmura d'une voix lugubre :

— C'est drôle !

Un temps.

— Pourquoi votre collègue a-t-il bu autant de marc ?

— Parce qu'il l'aime.

— À ce point, il me semble qu'il ne faut pas l'aimer, au contraire… Il boit, d'une façon générale ?

— Pas mal.

Nous étions arrivés. Je le guidai jusqu'à l'appartement des Avène. Mais je n'entrai pas et regagnai le mien.

Une demi-heure s'écoula. J'entendis parlementer Marthe et le toubib sur le palier, puis on frappa à nouveau chez moi. C'était encore Mme Avène.

— Comment va-t-il ? demandai-je.

— Pas très bien ; puis-je vous demander d'aller à la pharmacie ? Je ne veux pas le laisser seul, comprenez-vous…

Mon imperméable mouillé séchait devant le fourneau sur le dossier d'une chaise. Je l'endossai et le contact humide me fit frissonner. Je suivis le docteur sans rien dire.

Il n'existait pas de pharmacie à Glunois, c'était le médecin qui délivrait les produits de première nécessité.

— C'est grave ? lui demandai-je, une fois assise à ses côtés dans la petite auto.

— Ce type est fou. Il peut en mourir. Qu'est-ce qui a bien pu le pousser à commettre un acte aussi stupide ? Je m'étais toujours figuré que les instituteurs étaient des gens sérieux.

— Moi aussi, soupirai-je.

— Vous êtes nouvelle, hein ?

— C'est mon premier poste.

— À moi aussi.

Je regardai un instant danser les phares de l'auto sur le chemin mouillé.

— Et il se pourrait que ce soit le dernier, dis-je.

— Vous n'avez pas le feu sacré ?

— Pas tellement. Et puis je deviens neurasthénique, ici. Avouez qu'il y a de quoi !

— Oui, il y a de quoi.

Nous entrâmes chez lui et il me conduisit à une petite pièce sans fenêtres, garnie de rayons, où il emmagasinait sa pharmacie. Il prit différents produits et me les tendit.

— Tenez !

— Je vous dois combien ?

— La mère de votre collègue m'a payé.

— Ce n'est pas sa mère, c'est sa femme !

Le médecin sourcilla.

— Je commence à comprendre qu'il ait envie de se suicider au marc.

Je pensais qu'il allait me reconduire à l'école, mais il s'abstint de me le proposer. Par timidité. Son travail était terminé et il n'avait pas à faire le galantin avec une petite institutrice.

— Bonne nuit, docteur.

— Au revoir, mademoiselle.

Je tenais les médicaments serrés dans la poche de mon imperméable et je courbais le dos sous la pluie qui redoublait.

Cette espèce de suicide d'Avène me paraissait infiniment ridicule. Je ne doutais pas un instant que ce fût l'alcool qui l'eût conduit là. Ses nerfs avaient craqué à cause de sa déconvenue amoureuse.

Amoureux ? L'était-il vraiment ? J'étais encline à croire qu'il s'était mis à détester sa vieille épouse plus fortement depuis mon arrivée. Il n'était en fait amoureux que de ma jeunesse.

Marthe m'attendait sur le palier. Le rectangle de lumière tombant de sa porte ouverte l'éclairait d'un côté et je lui trouvai quelque chose de démoniaque.

— Voulez-vous le voir ? me demanda-t-elle.

Je n'osai refuser ; mais je n'avais pas envie de voir Julien.

Elle me conduisit à leur chambre. C'était d'une laideur délirante. Marthe avait centralisé là tout ce qu'elle avait pu dénicher comme vues en couleurs de Nice, encadrées avec des coquillages, comme fanfreluches de bazar, cache-pots en cuivre martelé et statuettes de plâtre. Le seul objet intéressant était un crucifix d'ivoire fixé à la tête du lit.

Julien gisait en travers de sa couche, la tête pendant au-dessus d'une cuvette souillée. Il avait les yeux blancs à force d'être révulsés, la bouche béante et des filaments de sang zigzaguaient dans sa barbe.

Il geignait, de temps à autre, faiblement.

— Vous voyez dans quel état il est ! murmura Marthe.

Elle me prit le bras.

— C'est à cause de vous…

— Hein ?

— Vous l'avez humilié ce matin, devant ses élèves, et ça l'a tellement contrarié que…

J'ai voulu me dégager, mais elle me tenait fermement.

— Vous essayez de l'aguicher, hein ? Vous croyez que je ne me suis pas aperçue de vos coquetteries !

Je contemplai le répugnant spectacle avec hébétude. Aguicher cet ivrogne repoussant ! Il ne m'apitoyait même pas mais me donnait plutôt la nausée. Je songeais qu'il allait peut-être en mourir et ça me laissait absolument indifférente.

— C'est votre travail, ça, ma petite !

— Je le déteste, balbutiai-je.

— Vous dites ça, mais j'y vois clair ! Vous vous amenez ici avec votre jeunesse et vos manières évaporées. Vous…

Je lui ai donné un coup d'épaule qui l'a fait trébucher et j'ai couru chez moi.

Pour la première fois, je m'y suis enfermée.

*
* *

La « maladie » de M. Avène dura quatre jours. Quatre jours pendant lesquels j'eus beaucoup de mal avec les deux classes groupées.

Le matin du cinquième jour, il descendit comme à l'ordinaire, et je fus frappée par son visage émacié. Il paraissait avoir vieilli de dix ans. Sa barbe s'étoilait de touffes blanches et il ressemblait à une mauvaise caricature de lui-même.

Il me fit un clin d'œil et grommela :

— Salut, collègue, je vous en ai fait baver avec mes salopards, hein ?

— Je me suis débrouillée.

— Merci.

— Comment vous sentez-vous, monsieur Avène ?

— Délabré, mademoiselle Cassel. Les grippes sont mauvaises cette année.

Je compris que le plus aigu de la crise était passé. Il ne me ferait plus d'allusions à son « grand amour ». J'aurais la paix désormais.

Les vacances de Noël m'apportèrent une heureuse diversion. J'allai les passer à Tournon, chez ma mère qui me dorlota beaucoup.

Et à la rentrée de janvier j'avais presque oublié tout ce qui s'était produit au cours de ce premier trimestre.

Tout alla bien jusqu'aux beaux jours.

CHAPITRE VIII

Mes relations avec les Avène redevinrent peu à peu normales. Nous nous saluions, nous échangions à l'occasion quelques mots, voire des sourires courtois, et pendant plusieurs mois je pus croire que j'avais rêvé.

Le second trimestre s'écoula sans grands incidents. J'eus une angine et maman vint me soigner, tandis que mon collègue s'occupait à son tour de ma classe. Le dénuement de mon logement frappa beaucoup ma pauvre mère qui aimait son confort et qui, dès l'âge de trente ans, le chagrin aidant, s'était mise à vivre comme une vieille fille douillette.

Elle ne s'attarda pas à Glunois et partit en même temps que ma fièvre en se promettant bien de ne jamais revenir.

À noter également la visite de l'inspecteur, charmant gros monsieur bavard qui, pendant tout le temps de la visite, ne quitta pratiquement pas mon corsage du regard.

Il estima mes préparations bien faites et trouva mes Martiens pas plus abrutis que dans les communes avoisinantes. Ma classe avait comme un petit air de fête depuis le printemps. Je l'égayais avec des fleurs et des dessins, ce qui parut plaire à l'inspecteur.

Julien Avène me dit à la récréation de l'après-midi :

— Le Gros vous a à la bonne. Vous allez faire une carrière, collègue.

J'en éprouvai un grand contentement, ce qui indiquerait que je m'intéressais à mon travail.

Pâques tomba en avril cette année-là. La coutume de l'école voulait que les deux classes fissent une grande promenade avant les vacances pascales. Cette tradition était particulièrement séduisante car il faisait un temps merveilleux. Le ciel était blanc de chaleur et les cigales s'en donnaient à cœur joie.

Avène décida que nous organiserions la sortie collective le dernier samedi avant les vacances. Nous partirions le matin, à l'heure de la rentrée, et nous entreprendrions l'ascension du Grand Felletin (1 390 mètres). Bien entendu, chacun emportait « son manger ».

— Puis-je mettre un pantalon sans déshonorer le corps enseignant ? demandai-je la veille à Avène.

Il partit d'un grand éclat de rire.

— Naturellement ! Pour les ascensions, c'est même conseillé aux dames.

Je pensais que sa femme serait de l'expédition, mais il n'en fut rien, et quand nous quittâmes l'école, Marthe se tenait embusquée à sa croisée entre deux pots de géranium.

La route blanche s'écartait résolument des contrées habitées et partait à l'attaque d'une région aride, déjà roussie par les premières chaleurs. Nous défilions gaillardement en chantant. Avène se tenait à la tête du rang et scandait à la fois notre marche et nos chansons. Il avait sorti de sa garde-robe un pantalon de golf en velours vert, des chaussettes de laine blanche et une chemise en tissu écossais vert et bleu. Jamais il n'avait été aussi élégant.

En fin de peloton, je m'efforçais de faire bonne contenance. De temps à autre Julien se retournait et demandait :

— Ça va, dans le fourgon de queue ?

À vrai dire ça n'allait pas des mieux. J'avais chaussé des souliers de ski, mal entretenus, qui faisaient un pli au talon et je marchais comme si j'avais eu des jambes articulées – et mal articulées !

Lorsqu'arriva midi, j'avais les pieds en sang et je ne fus pas fâchée d'entendre Avène siffler (car il avait emporté son sacré sifflet) la halte.

Il désigna un vallon ombragé, au fond duquel coulait un ruisseau.

— Nous serons comme des chefs, ici, déclara-t-il. Et nous pourrons faire rafraîchir nos bouteilles dans l'eau.

Le bivouac s'organisa. Les grands, sous la surveillance de Julien, organisèrent des feux entre des pierres tandis que les filles déballaient les provisions.

Pour ma part je ne m'étais pourvue que de sandwiches et de fruits et je me mis à contempler avec de grands yeux les cochonnailles, les poulets froids et les fromages qui jaillissaient des musettes.

Au moment du déjeuner, Julien s'approcha de moi. Il ouvrit son sac tyrolien et dit, en se laissant glisser dans l'herbe à mes côtés.

— Je vous invite, collègue.

— J'ai ce qu'il faut, coupai-je.

— Ce n'est pas mon avis. Vos amuse-gueule, là, sont juste bons à être grignotés dans un buffet de gare entre deux correspondances. Quand on avale des kilomètres, il faut consommer du solide ! Vous n'êtes qu'une campeuse en chambre, Cassel, c'est le cas de le dire !

D'autorité, il m'offrit des saucisses barbouillées de moutarde, un pilon de poulet et un morceau de tarte au flan qui eût calmé la faim de douze ogres à jeun.

Puis il étendit le bras et pêcha dans le ruisseau un litre de vin hermétiquement bouché au goulot duquel il avait lié une ficelle.

— Ce coup de rouge vous est offert par la maison Frigidaire !

Me souvenant de l'expérience cruelle que j'avais faite chez lui, je refusai.

— Non merci. Je préfère mon thé froid !

— Du thé à déjeuner ! Et ça apprend la Marseillaise à des mioches ! Me fichez pas en rogne, Cassel, cette journée est trop belle.

Tout en parlant, il avait débouché la bouteille et empli un verre. Le vin rouge moussait, il était très tentant.

— Je n'ai pas la moindre envie de m'enivrer !

— Vous en faites pas, la Ligue, c'est du petit piccolo sincère. La seule différence qu'il y a entre lui et l'eau de ce ruisseau c'est la couleur…

J'ai bu. Le petit vin avait un goût agréable et fruité.

— Pas mauvais, hein ? Du pinard de camping. Il donne des jambes au lieu de les couper. Encore un verre ?

— Non.

Il n'a pas insisté. Nous avons déjeuné en surveillant les Martiens. Au fond du vallon, la chaleur était moins forte que sur la route. Des oiseaux pépiaient dans les branchages des vernes et le ruisseau cascadait avec un bruit qui donnait soif.

— On repart tout de suite après le repas ? ai-je demandé.

— Pourquoi ?

— J'ai mal aux pieds.

— Pauvre chou !

Il a rougi de son audace.

— Vous aimeriez qu'on reste ici ?

— Moi oui, mais les gosses…

— Ne vous tourmentez pas pour eux, j'organiserai des jeux.

Il se leva, siffla très fort pour requérir l'attention générale et annonça :

— Contrordre, on ne va plus au grand Felletin.

Il y eut un murmure de désapprobation.

— Silence ! tonna Avène. On va organiser un jeu formidable. Maintenant, que ceux qui ne sont pas contents lèvent le doigt…

Quelques mains commencèrent de se dresser.

— … Je leur flanquerai dix fois le verbe « Avoir tort de ne pas être content ».

Les mains hasardeuses retombèrent prestement.

— Je vois que j'ai l'approbation générale, déclara Julien. C'est réconfortant, l'unanimité, ça procure la notion de puissance.

Il se rassit près de moi.

— Je suis navré pour eux, murmurai-je.

— Ne le soyez pas. On les fera jouer à cache-cache. Ça permet aux garçons de tripoter les filles, les uns et les autres adorent ça. Les joies rustiques, collègue, sont les plus belles.

Il jeta son aile de poulet comme un minuscule boomerang et se laissa aller à la renverse.

— Tiens, aujourd'hui j'aime la vie, remarqua-t-il. Pas vous ?

— Je suis assez pour.

— Je me sens vingt ans, et vous ?

— Je les ai.

— Vous pourriez néanmoins ne pas les sentir.

Il mit son bras en écran sur ses yeux pour se protéger du soleil.

— Se sentir vingt ans quand on a vingt ans, c'est formidable ! Mais se sentir cent ans quand on en a trente-six, c'est funèbre.

Il se redressa, s'assit en tailleur et poursuivit :

— Je me sens funèbre d'ordinaire. Chaque fois que je me rencontre dans une glace, je le constate. Funèbre ! Je suis mon enterrement sans musique. Je joue tous les rôles : je suis le croque-mort et le corbillard, le cheval qui traîne et le cadavre traîné, la famille qui pleure et les indifférents qui rigolent de la mort du mort. « Ce pauvre Avène, tout de même, il avait une gueule de raie, un caractère de cochon, mais il faisait partie du paysage. Et bon maître avec ça ! Il cognait les gosses car il était partisan des vieilles méthodes, mais il avait quatre-vingt-quinze pour cent de réussite au certificat. »

Il éclata de rire.

— Dites, Françoise…

Il m'appelait Françoise et je n'étais pas choquée.

— Dites, Françoise, que faut-il faire, à votre avis, pour essayer de ne plus être funèbre ? Tailler mes chemises dans un drapeau tricolore et me coller une plume d'autruche au derrière ?

— Vous pourriez plutôt essayer de ne plus boire.

— Exclu !

— Dommage, c'est surtout le vin que vous avez de triste.

— À part ça ?

— À part ça, essayez donc de vous raser…

Il a cessé de rire.

— Pourquoi ?

— J'ai toujours eu l'impression que votre barbe était postiche, c'est donc qu'elle ne vous va pas.

— La vieille ne voudra jamais, Françoise.

— Rasez-vous sans le lui dire. Ensuite elle ne pourra plus vous recoller les poils coupés ! Si ?

— Vous voulez donc briser mon bonheur ! a-t-il pouffé en prononçant le mot bonheur avec des trémolos ridicules. Vous ne voyez pas d'autres conseils à me donner ?

J'en voyais un, le plus flagrant, mais celui-ci je n'osais pas l'exprimer. Il est quasi impossible de dire à un monsieur : « Qu'attendez-vous pour divorcer ? »

— Pas d'autres, non, monsieur Avène.

— Soit dit sans vous fâcher, ils ne sont pas fameux.

Il s'est levé et a sifflé.

— Assez bâfré, graine de banquets ! On va jouer à cache-cache. Défense de sortir des limites de ce champ. Celui qui s'y colle aura cinq minutes pour trouver tout le monde et c'est le dernier trouvé qui le relaiera, d'accord ?

— Oui ! Oui ! Oui !

— Vous voyez, Françoise : cache-cache, c'est magique !

Planté au milieu du champ, il surveillait le jeu. Il avait l'œil à tout. Quand le « collé » avait des velléités de tricheries, il le rappelait à l'ordre d'un bref coup de sifflet ; ou bien si l'un des garçons cherchait à escalader un arbre, il lui faisait un geste de dénégation pour l'inciter à la prudence.

J'ai délacé mes souliers et me suis allongée dans l'herbe, au bord de l'eau. La fraîcheur du ruisseau, son bruit menu et pur, me faisaient du bien. J'ai dû m'assoupir un peu, légèrement étourdie par le vin et la bonne chère.

J'avais conscience de ce bruit de récréation tumultueuse, mais il était pourtant lointain. Je prenais mes distances, je flottais dans la nature comme une libellule étourdie par la chaleur.

Quelque chose m'a réveillée : un contact sur ma jambe droite. Il était léger, mais insistant. J'ai voulu le chasser alors j'ai ressenti une piqûre aiguë à ma cuisse. J'ai pensé qu'une guêpe venait de me piquer, et je me suis mise sur mon séant. Ce n'était pas une guêpe mais une vipère. Elle venait de me mordre à travers mon pantalon, et se déroulait, sans hâte, pour fuir.

J'ai cru que j'allais devenir folle. Je me suis mise à hurler de terreur ! En un éclair j'ai mesuré le critique de ma situation. J'étais à des kilomètres du sérum sauveur. J'avais la mort plantée en moi, elle commençait déjà son œuvre !

— Que vous arrive-t-il ?

Julien !

Je l'ai vu, ce jour-là, pour la première fois. Il était en pleine apothéose. Un être surnaturel ! L'homme qui pouvait peut-être me sauver. L'homme qui pouvait essayer quelque chose.

— Une vipère ! Elle m'a mordue.

Il a regardé ce long frisson dans l'herbe. Le reptile venait de disparaître sous une souche.

Julien est devenu pâle, mais je devinais qu'un calme forcené s'étendait en lui, me gagnait.

— Où vous a-t-elle mordue ?

— À la cuisse.

— Ne vous agitez pas, baissez votre pantalon…

Malgré l'effroyable de l'instant, j'ai marqué une hésitation.

Julien a porté son sifflet à ses lèvres et en a tiré plusieurs roulades terribles.

— Mademoiselle Cassel vient d'être mordue par une vipère, cria-t-il. Les grands garçons vont filer en courant sur le chemin et rattraper la route départementale. Ils arrêteront la première voiture qui passera et demanderont au chauffeur de nous attendre. Tous les autres vont se mettre en rang sur le chemin. Vite ! Et pas d'idioties !

Délaissant toute pudeur, je faisais glisser mon pantalon le long de mes hanches.

La morsure se voyait nettement sur ma cuisse. Elle s'auréolait d'une sale rougeur et une enflure s'amorçait déjà.

Je tremblais d'effroi. Je sentais déjà le venin circuler dans mes veines. Un froid polaire grimpait dans mes jambes.

Il continuerait de monter, me paralyserait lentement, et finirait par bloquer mon cœur.

Je voyais la tête de vipère représentée en coupe sur une planche en couleurs de la classe.

Le crochet venimeux, pareil à un ergot de coq, la glande à venin, les dents de brochet et les rangées d'écailles entre l'œil et la gueule. Ce terrifiant mécanisme, sans réalité sur le dessin, venait de me happer, peut-être de me tuer…

*

* *

Julien prit ma cuisse à deux mains, emprisonnant la morsure dans les puissantes parenthèses de ses doigts crispés.

Je sanglotais lamentablement.

— J’ai peur, disais-je, j’ai peur… Je vais mourir. Je ne veux pas ; je ne veux pas…

Je m’entendais proférer ces plaintes. Je lamentais ma frousse sur un ton d’incantations.

— Mais non, tu ne vas pas mourir, mon amour… Mais non, mais non, je te jure bien que non, balbutiait Julien en écho.

Il me faisait mal tant il pressait fortement ma chair à l’emplacement de la morsure. Soudain il se pencha sur ma cuisse et sa bouche emprisonna la plaie qu’il se mit à aspirer de toutes ses forces. Lorsque j’étais petite, on m’avait raconté des histoires de personnes mordues par des vipères, que d’autres sauvaient en aspirant le venin. C’était possible, me disait-on, à condition de ne pas avoir de plaie dans la bouche.

Il suçait la morsure avec une espèce d’avidité féroce. De temps à autre il s’interrompait pour recracher l’affreux liquide. Cela dura un bon moment. Ensuite de quoi il sortit son couteau suisse de sa poche, ouvrit la plus petite des deux lames, et me dit :

— Ne regarde pas, bon Dieu !

Je me mis à fixer le ciel immense qui allait peut-être s’éteindre à jamais pour moi.

Je sentis la lame fouiller ma chair. Loin de me faire crier, la douleur qu’elle me causait me calma.

Je baissai les yeux. Un filet de sang ruisselait sur ma cuisse. Julien l’alimentait en massant ma jambe avec énergie. Mon sang bien rouge brillait au soleil. Julien avait un drôle de rictus dans sa barbe. Au bout d’un instant il cessa de faire saigner la plaie. Il arracha sa ceinture, la noua très haut sur ma cuisse et serra.

Il remonta mon pantalon et me chargea dans ses bras.

— Je peux marcher, balbutiai-je.

— Non, inutile d'activer votre circulation.

J'admirai sa maîtrise absolue, son esprit de détermination.

Il traversa le champ jusqu'au chemin en me portant. Les gosses étaient rangés comme à la parade le long du talus. Ils avaient suivi sans souffler mot toutes les phases de l'opération.

— Allez ramasser vos affaires ! ordonna Avène. Et surtout regardez où vous mettez les mains car vous le voyez, il y a des vipères ici. Ensuite vous vous remettrez en rang. Martine Piéchut vous surveillera. Si quelqu'un fait l'idiot il aura droit à sa baguette de noisetier et à douze verbes.

« Martine, tu descendras tout le monde jusqu'à la route.

Ayant dit, il a continué d'avancer sur le chemin. Il courait presque. Bien qu'il fût maigre, je le sentais d'une force peu commune. Il me charriait avec une aisance déroutante.

J'ai noué mes bras autour de son cou. J'avais mal. Il me semblait que je respirais moins bien. De terribles élancements fouaillaient ma jambe et le froid continuait de monter le long de mon corps. Je devais sangloter, des larmes salaient ma bouche.

Julien trottinait sur le chemin. Il hoquetait parfois.

— N'aie pas peur, mon petit. N'aie pas peur, ce ne sera rien…

Nous parcourûmes ainsi près d'un kilomètre. Le temps passait vite. Est-ce que le venin qui subsistait en moi était suffisant pour me tuer ?

— J'ai peur, Julien.

— Avec ce que je t'ai fait, tu ne crains plus rien, quelques troubles tout au plus.

Comment trouvait-il assez d'énergie pour me porter en courant et pour me parler ?

— Et puis, même pas soignées du tout, des morsures de vipère ne sont pas fatalement mortelles.

— C'était une vipère rouge, Julien, je l'ai vue. Les plus mauvaises…

— Foutaise…

— Et puis nous sommes au début de l'année, le venin est plus actif à cette période car elles ont hiberné avec…

— Ne t'inquiète pas. Je te jure, Françoise, que…

De grosses gouttes de sueur coulaient de son front et pleuvaient sur mon visage. Elles ne me répugnaient pas.

« Mon Dieu qu'il est beau ! songeait mon subconscient. Comment ai-je pu le trouver laid ? Comment ai-je pu le juger méchant ? C'est une espèce de Saint ! »

J'aimais son odeur d'homme, j'aimais le tressaillement de ses muscles contre moi…

Il courait toujours. Son pas précipité claquait sur le chemin sec. Toute la nature chantait l'imminence de l'été.

Tout à coup il s'est immobilisé. Un ronflement se faisait entendre au loin. Il grossissait.

— Un camion ! dit Julien.

Et alors il se mit à trembler très fort. La réaction se faisait en lui.

Sur le plateau arrière du camion, les garçons dépêchés en estafettes criaient à tue-tête en gesticulant. Le lourd véhicule stoppa à l'intersection de deux chemins pour pouvoir manœuvrer. Il était piloté par un jeune Algérien qui riait de toutes ses dents.

Avène m'installa sur le siège voisin de celui du conducteur.

— Ne remuez pas, me dit-il.

Il fit signe au premier de sa classe, un grand garçon au crâne rasé.

— Les autres vont arriver. Tu les conduiras jusqu'au bourg que nous avons traversé en venant. Nous vous attendrons à la pharmacie…

Le camion démarra. Julien se tenait sur le marchepied extérieur, agrippé à la portière. Il m'adressait des clins d'yeux pour m'apaiser. Le conducteur fonçait sur la route poudreuse. Son vieux camion plaintif sautait comme une casserole attachée à la queue d'un chien.

Cette distance qui m'avait paru si longue avec mes gros souliers fut franchie en quelques minutes. Nous stoppâmes devant une petite pharmacie de village, à la vitrine encore ornée d'immenses bocaux verts et jaunes. Avène s'y précipita.

Il en ressortit, rayonnant.

— Ils ont du sérum, venez.

Et il me reprit dans ses bras.

Le potard préparait déjà la seringue. Il s'agissait d'un aimable petit vieux à barbiche, dont le crâne chauve s'ornait d'une calotte noire, luisante d'usure. Sous sa blouse blanche, constellée de taches multicolores, il portait un complet noir, d'un autre siècle, et son ventre était barré d'une chaîne de montre impressionnante.

— Vous avez été mordue il y a combien de temps ?

— Une vingtaine de minutes, dit Julien.

— Alors, nous n'aurons sûrement pas de grosses complications.

Je sentis avec délices l'aiguille salvatrice pénétrer dans ma chair. Quand ce fut fini, je me mis à pleurer. Ce n'était plus des larmes de peur, mais des larmes de soulagement.

— Julien, faites-vous faire une piqûre aussi, pleurnichai-je, vous avez sucé la morsure et…

Le vieux pharmacien l'attira près de la porte vitrée et lui ordonna d'ouvrir la bouche.

— Pas la moindre égratignure, dit-il. Lavez-vous le bec à l'alcool par prudence…

— Je préfère ça, ironisa Julien

Nous nous sentions tout bêtes brusquement. Maintenant que le danger était conjuré, nous n'osions plus parler et à peine nous regarder.

Le conducteur du camion attendait dehors avec les gosses. Ça jacassait ferme sur la petite place ensoleillée.

Avène régla le pharmacien.

— Quelqu'un fait le taxi, ici ?

— Oui : le boulanger.

Il me fit reconduire à Glunois en voiture. Paul Boudrier m'accompagna, et ce fut lui qui expliqua à Marthe mon effrayante aventure.

CHAPITRE IX

Le lendemain, qui était un dimanche, je fis un peu de température et je me sentis vraiment patraque. J'eus quelques étourdissements, des palpitations aussi, mais cela se calma.

Marthe s'occupa de moi, je dois le reconnaître, avec dévouement. Il y avait une certaine affectation dans son attitude, néanmoins elle m'administra mes remèdes, refit mon pansement à la jambe et m'apporta un potage de pâtes, le soir, qu'elle m'obligea à manger.

Comme elle s'attardait à mon chevet (j'avais provisoirement abandonné ma tente pour le lit), Avène vint la rejoindre.

— Alors, la femme aux serpents ?

Quelque chose dans sa voix sonnait faux. Il avait l'air aussi délabré que moi.

— Vous n'avez pas eu de troubles ? questionnai-je.

Il me fit les gros yeux. Marthe tressaillit.

— Pourquoi en aurait-il eu ? demanda-t-elle.

— Des idées que Cassel se fait, intervint Julien. Comme j'ai incisé l'endroit de sa morsure, elle se figure que le venin m'a sauté dessus…

Il eut un rire fêlé. Il était redevenu le pauvre bonhomme effrayé des autres jours.

— Les vacances commencent dans trois jours, fit-il. Après ce coup-là, je vous conseille de prendre un peu d'avance et de filer dès demain à Tournon. Je m'occuperai de vos Martiens...

J'ai secoué la tête.

— Non, merci, je compte au contraire passer mes vacances ici.

Marthe se figea.

— Ah oui ?

— Ma mère est allée à Paris chez une de ses sœurs, et d'après sa dernière lettre, elle pense y rester jusqu'en mai. Que ferais-je à Tournon, seule dans un appartement que je déteste ?

Il y eut un silence crispé. Ma décision paraissait avoir sérieusement affecté le moral de Marthe. Elle me considérait d'un air indécis.

— Que ferez-vous, seule ici ? a-t-elle enfin murmuré.

— Seule ? a interrogé Julien qui paraissait surpris.

— Tu sais bien que ma cousine de Valence insiste pour que nous passions une huitaine chez elle. Cela fait des années que nous renvoyons...

— Mais...

— Oui ?

— Il n'en a pas été question jusqu'à ce jour.

— Je me proposais de t'en parler. D'ailleurs, j'ai écrit ce matin à Hélène pour lui annoncer notre arrivée.

Elle mentait, c'était flagrant. Je me demande comment Julien s'est contenu. Il était pâle et il crispait ses mains sur le montant de mon lit. Ses jointures saillaient et devenaient mauves. C'est à partir de ce moment-là que j'ai compris le danger que Marthe courait. Il fallait être sa femme pour ne pas voir qu'il avait envie de la tuer !

— Nous partirons jeudi matin.

Elle a respiré profondément.

— Vous n'aurez pas trop peur, toute seule dans cette grande maison vide ?

— Je ne sais pas, peut-être…

Elle m'a adressé un long sourire méchant. Un sourire de tête de mort, tout en dents.

Marthe avait l'air plus vieux que le monde.

*

* *

Ils sont partis le jeudi, comme Marthe l'avait annoncé. Avène n'avait pas utilisé sa 2 CV depuis mon arrivée à Glunois.

Le départ s'est effectué à l'aube et ils n'ont pas pris congé de moi. Je me suis levée en entendant ronfler l'auto. Ç'a été mon tour de m'embusquer à la fenêtre pour regarder ce qui se passait dans la cour.

Julien a placé deux valises à l'arrière du véhicule, ainsi qu'un carton contenant des lapins que Marthe avait trucidés la veille.

À plusieurs reprises il a levé furtivement les yeux vers moi et nos regards se sont accrochés. Marthe surveillait le chargement. C'est elle qui est allée ouvrir le portail, et, avant de démarrer, Avène m'a lancé une sorte d'appel muet.

Ses lèvres ont articulé trois syllabes que je n'ai pas comprises. Puis l'auto a disparu et la solitude est venue, comme une nuit d'hiver, froide et noire.

*

* *

C'est dans l'après-midi de ce même jour que j'ai trouvé un palliatif à ma frousse et c'est encore ma tente de camping qui me l'a fourni. Puisqu'il faisait beau, pourquoi ne camperais-je pas dehors ?

Un vaste jardin prolongeait la cour. Marthe y cultivait des salades et des poireaux, mais le fond du jardin était en friche car il représentait ma parcelle à moi, et naturellement l'idée ne m'était jamais venue de le bêcher.

J'ai passé toute la matinée à y installer mon matériel. Ce faisant, j'avais vraiment l'impression de partir en vacances pour de bon.

Il me semblait que je venais de débarquer dans ce village d'Ardèche et je le voyais avec des yeux de touriste.

Je découvrais des détails intéressants : le coq du clocher par exemple, ou bien les fenêtres à meneaux de certaines fermes fortifiées qui se dressaient sur les collines avoisinantes. Je percevais des bruits émouvants : celui de la forge toute proche, les immenses claques de bois des lavandières qui chaque jour investissaient le lavoir ou l'aboiement d'un chien enchaîné dans la propriété voisine. J'entendais glisser sans arrêt l'anneau de sa chaîne sur le fil de fer tendu qui délimitait son espace vital.

Vers midi, une vieille femme en noir, la mère Morin, est venue apporter de l'herbe aux lapins de Marthe. Elle venait parfois aider la femme de mon collègue à nettoyer l'école. Elle se contentait de me saluer d'un bref hochement de tête réprobateur et je sentais bien que Marthe lui avait « monté le coup » à mon sujet.

En me voyant en short, près d'une tente, sous le gros pommier du jardin, elle a eu un haut-le-corps.

Aux yeux de cette vieille, j'étais une fille perdue. Ça m'amusait de la scandaliser.

L'après-midi s'est écoulé dans une torpeur d'été. Il faisait chaud, l'air était chargé d'insectes énervés qui zonzonnaient autour des arbres.

J'avais fait une provision de livres et j'ai lu jusqu'au soir, vautrée dans l'herbe comme le sous-préfet de Daudet.

Quand le village s'est mis à ressembler à un vitrail d'église, j'ai dîné de tartines beurrées et de lait. J'avais la flemme d'aller me cuisiner des petits plats dans le sanctuaire fermé qui se dressait à cinquante mètres de là. Mon vrai, mon unique domaine, c'était ce rectangle de terre en friche entre deux murs.

Dans le crépuscule mauve, des hirondelles rasaient les toits en poussant des cris aigus. Des petits nuages vagabonds moussaient, très haut, dans une zone encore éclairée par les suprêmes rayons du soleil. Alors j'ai pris mon pipeau et je me suis mise à jouer, accroupie devant ma tente. Cela faisait près d'un an que je ne m'étais pas servie de l'instrument. C'est en transbordant mon matériel dans le pré que je l'avais retrouvé, au fond d'une petite cantine de fer.

Les notes grêles coulaient au bout de mes doigts. Je jouais la *Nuit*, de Rameau. Et tout en soufflant dans le pipeau, mentalement je chantais les paroles.

Ô nuit qu'il est profond ton silence...

Quand j'ai cessé de jouer, la nuit m'avait obéi et elle était partout, même au plus haut du ciel étoilé.

Une paix indicible m'inondait. Je n'étais que calme et douceur. Cette nuit d'Ardèche, l'air du soir et la musique aigrelette du pipeau, avaient réussi à me plonger dans un état de grâce merveilleux.

Je ne pensais rien. Je n'éprouvais qu'un mol enchantement, une sorte de béatitude quasi bestiale.

Et c'est alors que je l'ai aperçu.

Il se tenait adossé au mur de l'école et l'auvent dispensait une ombre dans la nuit à l'abri de laquelle il avait pu m'écouter sans se montrer. Mais il a bougé et je l'ai vu. J'ai poussé un petit cri.

— N'ayez pas peur, a-t-il chuchoté en s'avançant : c'est moi.

J'ai reconnu sa voix, mais je ne l'ai pas reconnu, lui. Sa personne physique avait changé. On eût dit un jeune homme.

— Vous avez coupé votre barbe ?

— Ne me l'aviez-vous pas conseillé ?

Il paraissait avoir dix ans de moins, mais plus que son rajeunissement, ce qui me frappait, c'était son air doux. Il avait cet aspect grave et timide de certains jeunes prêtres que la vie fait rougir de confusion.

— Vous chantez bien, Françoise...

— Mais je n'ai pas chanté, je jouais seulement.

— Si, il m'a semblé que vous chantiez.

Ça m'a bouleversée. Oui, j'avais chanté mentalement, fallait-il que son âme fût près de la mienne pour l'avoir perçu.

— Comment se fait-il que vous soyez là ?

Il s'est laissé tomber à genoux à mes côtés. Il a arraché un long brin d'herbe et s'en est caressé l'oreille.

— Ça m'a pris en arrivant à Valence. Je me suis dit : ou bien je la verrai ce soir, ou bien je me tuerai. C'est plus possible, tu comprends, collègue ? C'est plus possible...

— Et... Et elle ?

— J'sais pas. Je l'ai laissée dans sa famille, j'ai

dit que j'allais voir un de mes anciens condisciples à Tain l'Hermitage et je suis parti…

« Je suis d'abord entré chez un coiffeur, et je lui ai demandé de me raser ; c'est idiot, non ?

— Non.

Il sentait le salon de coiffure de village. L'œillet ou la fougère, impossible de le définir !

— Qu'est-ce qu'elle va dire ?

— Je m'en fous.

J'ai vu, à son œil farouche, qu'il s'en moquait vraiment et ça m'a effrayée.

— Elle va se tourmenter…

— Aucune importance. S'il vous plaît, Françoise, ne me parlez pas d'elle. J'ai l'impression qu'elle n'a jamais existé. Tout ça est aussi vague que ces impressions fugaces dont on ne sait si elles sont les souvenirs de cette vie ou bien d'une autre.

« Je ne peux pas vivre loin de vous. Une porte s'est fermée, Françoise, vous comprenez ? Je vous aime à en être malade, je vous aime à en mourir. Vous ne trouvez pas du reste que la mort est la sœur de l'amour ?

— Ne dites pas ça.

— Vous avez peur de moi ?

— Oui.

— Peur comment ?

— Peur tout court, ça ne s'explique pas.

— Et vous ne m'aimez toujours pas ?

— Je ne sais pas.

Ce que je ressentais pour lui participait d'un autre sentiment. Un sentiment qui était né au moment où il me portait dans ses bras, luttant de vitesse avec le venin. Il me troublait physiquement.

Avène (mais cet homme imberbe était-il bien Avène ?) a mis le brin d'herbe en équilibre au bout de son doigt et s'est efforcé, en déplaçant son index par saccades, de l'empêcher de tomber. Ce petit exercice seul paraissait lui importer.

— Vous devriez rentrer à Valence !

— Non !

— Pourquoi ?

— S'il n'y avait plus d'essence dans le réservoir de la bagnole, vous ne me demanderiez pas pourquoi elle ne peut plus avancer, hein ? Bon, alors disons que je n'ai plus d'essence.

— Vous allez divorcer ?

Il n'a rien répondu et a laissé tomber son brin d'herbe.

— Vous voyez, collègue, jusqu'à présent j'aimais ma condition, mon métier, mes habitudes, ma barbe, et peut-être aussi, dans le fond, ma femme. Tout ça constituait des remparts.

— Contre quoi ?

Il a étudié la question et sa tête s'est inclinée de côté, comme la tête de quelqu'un qui écoute un bruit confus avec la volonté de l'identifier.

— Contre moi, peut-être. Et puis bien sûr contre les autres.

Ses joues qui n'avaient pas essuyé le feu du rasoir depuis des années, brillaient étrangement.

— Il me semble que ce n'est plus vous.

— À cause de…

Et il s'est passé le dos de la main sur le menton.

— Oui. Je voudrais vous voir en pleine lumière, pour me rendre compte.

— C'est facile.

Il est entré en rampant sous ma tente. Sur la cantine j'avais posé la grosse lampe américaine *Sportsman* aussi forte qu'un phare d'auto. Julien a braqué le puissant rayon à plein sur son visage.

— Voilà !

Beau visage grave ! Beau regard de feu ! Belle chevelure révoltée, bouillonnante ! On était loin du barbu chafouin qui se donnait des airs artistes en fumant une pipe en terre ; loin du maître bilieux qui frappait les enfants ; loin du confrère sarcastique qui me forçait à boire pour m'humilier.

— Vous êtes beau !

— Chiche ?

— Si !

Il a éteint la lampe. Sa respiration a continué dans la touffeur de l'abri de toile. Je demeurais à l'entrée, toujours assise en tailleur. Sa main a jailli de l'ombre, et s'est posée sur ma cuisse nue.

J'ai tenté de la repousser, mais j'étais sans volonté. J'aimais le trouble qui me gagnait ; j'aimais la brûlure de cette paume moite sur ma jambe, et aussi le rythme plus précipité de cette respiration *que je ne voyais pas*. On eût dit que c'était la tente qui vivait et respirait.

— Dis-moi que c'est toi, Françoise.

— C'est moi.

— Tu veux bien m'appeler Julien ?

Pourquoi parlait-il ? Je le détestais de ne pas se taire. En parlant il agissait contre lui car il me maintenait dans un état de demi-lucidité. Dans les grands moments, les hommes manquent de la plus élémentaire psychologie.

J'avais toujours un pansement à la cuisse là où m'avait mordue la vipère. Les doigts d'Avène s'y sont arrêtés.

— Le seul baiser que je t'aie jamais donné, a-t-il balbutié.

Il faisait allusion à la façon dont il avait arraché le venin de mon sang. J'éprouvai encore le contact avide de sa bouche sur ma peau. Qu'est-ce qui avait été le plus dangereux pour moi ? La morsure du reptile ou bien celle de l'homme ?

— Viens ici, Françoise !

J'ai hésité, ou plutôt mon corps a hésité à se soumettre. Mais la nuit était pleine de sortilèges.

Je l'ai rejoint à quatre pattes sous la tente.

*

* *

Une paroi de toile peut être le plus formidable des bastions. Sous ce tissu tendu entre le monde et nous, je me sentais en sécurité. Et quand il m'eut aimée et malmenée au gré de sa fureur, je m'endormis contre lui, en respirant voluptueusement la forte odeur de sa chemise à gros carreaux tout imprégnée de sueur.

À travers la toile imperméabilisée, je distinguais, grâce au clair de lune, l'ombre biscornue du pommier voisin. L'arbre ressemblait à un vieillard accablé qui pend au bout de son existence comme un drapeau mouillé au bout de sa hampe.

— Tu m'aimes ? souffla Julien dans un demi-sommeil.

Je me pelotonnai contre lui, et je répondis « oui ».

CHAPITRE X

Nous nous éveillâmes au petit jour, en même temps, et nous nous sourîmes. La terre avait tourné pendant nos amours.

— Qu'allez-vous faire ? demandai-je. Je pensais à Marthe.

Avène me pressa contre lui.

— On va voir ça d'un peu plus près, collègue.

Il embrassa ma nuque, mes tempes, puis mes lèvres.

— Vois-tu, Françoise, jamais je n'oublierai ton petit cirque.

— Quel cirque ?

— Cette tente !

— Moi non plus, assurai-je.

Il sortit du frêle abri, et quand il eut passé le seuil de toile, ne se releva pas. Je le vis demeurer un bon moment assis sur ses talons, la tête levée.

Il semblait considérer quelque chose avec attention.

— Qu'y a-t-il ? demandai-je.

— Viens voir, fit-il sans se retourner.

Je m'avançais vers la sortie et j'aperçus Marthe, adossée au pommier. Elle tenait le tronc à pleines mains et nous fixait avec tristesse.

Elle avait encore vieilli. De profondes rides grises

burinaient son visage. Ses paupières étaient lourdes, sa bouche molle et veule.

Elle ne semblait pas en colère ; elle était terrassée par un chagrin trop fort pour elle.

— Il y a longtemps que tu es là ? demanda Julien.

Elle acquiesça d'un mouvement de tête. Avène parlait normalement, comme pour atténuer le dramatique de la situation.

— Tu es venue comment ?

— J'ai pris un taxi.

Il se mit debout et m'aida à me lever en me tendant la main.

— Eh bien, tu vois, Marthe, c'est comme ça : je l'aime.

Marthe fit un mouvement. Il crut qu'elle allait bondir sur nous et il me pressa contre lui en un geste de défense. Mais elle s'arrêta et elle me dit la phrase la plus inconcevable du monde :

— Vous avez de la chance.

Les larmes me vinrent aux yeux.

— Je parie que tu as tout de suite compris où j'allais, hier ? demanda Julien.

— Oui, tout de suite.

— Tu savais que ça finirait comme ça ?

— Oui.

— Tu as tout su bien avant moi, n'est-ce pas, Marthe ?

— Oui.

Elle regardait l'intérieur de la tente : le tapis de sol, le sac de couchage et la grosse lampe dont nous avions brisé le verre au cours de nos ébats.

— Je savais aussi que tu te ferais raser, fit-elle sans regarder son mari.

— Pourquoi ? s'étonna-t-il.

— Parce qu'il fallait bien que tu te rajeunisses. Tu es allé vers elle complètement.

— Je te demande pardon, Marthe, je te jure que tout ça n'est pas de ma faute !

— Je sais. Tu as fait ce que tu as pu et je t'ai aidé de toutes mes forces, de tout mon amour, à te défendre contre son charme. Pourtant je sentais que c'était inutile, Julien ; je le savais… Quand je l'ai vue arriver ici, avec ses valises, j'ai eu un coup au cœur, comme si on m'enfonçait un pieu dans la poitrine. Tout ce qui arrive, je l'ai vu dans un éclair.

— C'est vrai ?

— Oui. Tu l'as regardée comme tu n'avais jamais regardé personne. J'ai tout de même essayé de lutter. Il fallait bien. À un certain moment j'ai cru que j'allais gagner, et puis, tu vois…

Avène ne pleurait pas, et pourtant je sentais battre son chagrin dans sa poitrine. Il a toussoté pour être sûr de sa voix.

— Et maintenant, que va-t-il se passer, Marthe ?

Elle a enfin cessé de contempler l'intérieur de la tente, cette tanière de bêtes amoureuses.

— Mais, rien. Que veux-tu faire, Julien ? Tu ne vas pas me dire que tu espères divorcer pour l'épouser, si ?…

Il a baissé la tête.

— Elle a dix-sept ans de moins que toi, mon garçon. Que ma folie au moins te serve d'exemple ! Allons, viens, nous allons redéballer les valises.

Julien ne broncha pas. Mais, bien que ses mains restassent crispées sur moi, je les sentais me lâcher.

— Tout va continuer, mes enfants. Vous ferez l'amour, comme cette nuit. Bon, ce sera la part du diable ! Je le saurai et cela enlèvera un peu de piquant à votre aventure. Mais on continue ! Monsieur Julien Avène est directeur d'école à Glunois, Ardèche. Mademoiselle Cassel est institutrice stagiaire. On la nommera ailleurs l'année prochaine, voilà tout ! C'est l'Académie qui décide, pas M. Avène. Et comme M. Avène ne sait pas faire autre chose que l'école, il acceptera, parce qu'entre son métier et sa maîtresse, un homme finit toujours par choisir son métier.

« On continue dans l'intérêt général. On continue… On continue…

Elle partit en direction des bâtiments. Le clocher sonna plusieurs coups que je n'ai pas eu l'idée de compter.

— C'est un monstre, soupirai-je.

« Tout de suite j'ai cru que sa peine était la plus forte, mais ce n'est pas vrai. Elle nous aura, Julien. Elle nous aura.

— Je vais aller lui parler, décida-t-il en s'écartant de moi.

C'était en réalité un prétexte qu'il trouvait pour la rejoindre. Jamais il ne se dégagerait d'elle.

Je l'ai rappelé :

— Julien, je t'aime.

Il a fait un signe d'acquiescement, comme si c'était une question que je lui eusse posée.

Sans sa barbe, il avait l'air d'un grand gosse trop vite poussé. Il s'est éloigné, un peu courbé, en faisant claquer ses doigts au bout de ses bras pendants.

*

* *

Il n'a pas reparu de la matinée. Je suis allée au village et j'ai rencontré le docteur sur la place. Je le voyais de temps à autre depuis mon angine, et chaque fois il arrêtait sa 4 CV pour me faire la causette. Je sentais qu'il avait envie de me fixer un rendez-vous. Un jeudi, il avait été sur le point de le faire et ne s'était ravisé que parce que l'adjoint au maire s'était approché pour nous parler.

— Bonjour, mademoiselle Cassel. Vous n'êtes donc pas partie en vacances ?

Machinalement j'ai répondu « Si » et il a ouvert de grands yeux.

— Je suis partie à Glunois, ai-je enchaîné. C'est un patelin où il vaut mieux flâner que travailler.

Ça l'a fait rire.

— Vous n'êtes pas malade ?

— Je ne pense pas, pourquoi, je vous inquiète ?

— Un peu. Vous avez une mine épouvantable.

— Le surmenage…

— Vous ne vous sentez pas fiévreuse ?

Je ne pouvais pas lui expliquer les raisons de ma mine épouvantable. Même à un médecin, une fille ne peut révéler qu'elle vient de faire l'amour pour la première fois.

— Non.

Il avait un bon regard honnête et timide. Une fois de plus, il se demandait s'il pouvait solliciter un rendez-vous sans risquer une rebuffade. Mais ce n'était pas le jour et un instinct secret l'en avertit.

— À bientôt ?

— C'est cela, Docteur, à très bientôt.

Un enterrement sortait de l'église et les cloches funèbres sonnaient la mort à toute volée. Je me suis arrêtée sous les arbres de la place pour regarder passer le corbillard aux essieux grinçants et la foule de paysans endimanchés qui le suivaient.

La cérémonie n'avait rien d'affligeant. J'ignorais qui l'on portait en terre, mais je ne pouvais m'empêcher de l'envier. Comment Marthe avait-elle dit, tout à l'heure ? Ah ! oui : « Vous avez de la chance. »

Ce mort « avait de la chance ».

CHAPITRE XI

J'avais une étrange appréhension en retrouvant mon verger. L'école me paraissait trop paisible, trop unie dans la moiteur de ce printemps. Elle n'avait pas l'aspect du drame qu'elle abritait.

Je suis allée sous ma tente, et j'ai repris mon pipeau.

Cette fois, c'est le second couplet de l'*Hymne à la nuit* qui s'est mis à se dévider dans ma tête, au fil des notes.

Ô nuit, toi qui fais naître les songes,
Calme le malheureux qui souffre en son réduit
Sois compatissante pour lui.

Pour moi ce n'était plus l'*Hymne à la nuit*, mais l'*Hymne à l'amour*.

C'est sur cet air que Julien était venu me rejoindre. Que faisait-il en cet instant ? Depuis son pauvre logement médiocre d'honnête instituteur, percevait-il ma musique ?

J'ai continué de jouer et de fredonner :

Prolonge son sommeil, prends pitié de sa peine,
Dissipe la douleur, nuit limpide et sereine.

Lorsque redescendrait la nuit, viendrait-il me rejoindre ? Je n'osais l'espérer, et, d'ailleurs, je ne le souhaitais même pas. Il me suffisait d'évoquer la nuit précédente pour être pleinement heureuse.

Marthe est sortie de chez elle, tenant un sac à provisions. J'ai pensé qu'elle se rendait au village, mais elle est venue droit à moi.

— Tenez, a-t-elle murmuré, il vous envoie ça.

Elle a déposé le sac dans l'herbe et m'a contemplée un moment.

— Jouez encore ! a-t-elle balbutié.

J'ai secoué la tête. Elle me coupait le souffle. Cette femme représentait un danger.

— Vous ne voulez pas ?

— Pourquoi me demandez-vous de jouer ?

— Je veux tout comprendre. Quand on s'est blessé, on aime regarder ses plaies ; vous voyez ce que je veux dire ?

Comme je ne réagissais pas, elle a eu un haussement d'épaules et a fait demi-tour. Mais avant de sortir du jardin, elle s'est retournée.

— Un jour, j'ai trouvé un hérisson dans ce même jardin, m'a-t-elle lancé. Julien en était tout fier. Et maintenant il y a une fille ; une fille aux cuisses nues qui joue de la flûte pour appeler mon mari. C'est terrible, tout de même.

Elle devait l'aimer atrocement. Je la sentais à vif, et, bien qu'elle m'eût toujours été antipathique, je ressentais pour elle une sincère compassion.

Quand elle a eu disparu, j'ai ouvert le sac. Il contenait deux bouteilles de vin. Au goulot de l'une d'elles, un mot était fixé par un élastique. Je l'ai déplié. L'écriture sobre et énergique de mon amant (j'avais un amant) courait sur les quadrillures d'une feuille de cahier.

« Je n'irai pas te voir ce soir. Je vais me soûler une dernière fois. Tiens-moi compagnie. »

Je ne comprenais pas ses intentions secrètes. Il osait charger sa femme d'un tel message, et il ne venait pas.

Pourquoi éprouvait-il le besoin de s'enivrer ? Par lâcheté ? Pour ne plus avoir à décider pendant le temps de son ivresse ?

Je ne savais que penser. Le mieux était de lui obéir. Le vin n'est-il pas un produit pour communion ?

Je m'en suis versé un verre que j'ai bu d'une traite en réprimant une nausée. À cette heure de la journée, il me soulevait le cœur. J'ai attendu un tout petit peu avant d'en boire un second. Il venait de la cave et il était trop frais pour du vin rouge, ça ajoutait à mon écœurement.

Mais qu'importait. Puisqu'à la même minute, Julien avalait le même breuvage. Son idée n'était pas si stupide après tout. Marthe savait exactement à quoi correspondait cette fantaisie baroque. Elle seule serait lucide ce soir. Une idée naissait dans mon cerveau chauffé par l'alcool. Cette idée était celle de Julien. Peu à peu je comprenais qu'il ne s'agissait pas d'un caprice, mais au contraire que c'était un acte grave, mûrement pensé.

J'ai bu un autre verre. Mon estomac a eu un spasme qui m'a fait remonter aux lèvres le liquide ingurgité. Courageusement j'ai bu encore. Vider la bouteille à tout prix ! Il le fallait ! Le vieux pommier s'est mis à tanguer devant moi et le bout du pré pivotait lentement, comme un manège forain mû par un cheval panard.

Boire encore ! Boire jusqu'à l'inconscience. Boire jusqu'à tomber.

J'ai vu la bouteille couchée dans l'herbe. Plus verte que l'herbe verte, maintenant qu'elle était vide.

J'ai essayé de me mettre droite et j'y suis parvenue avec peine. Je marchais sur le pont d'un bateau. Sur ce pont de bateau il y avait un verger. La belle affaire ! Un verger flottant !

Puisque je pouvais encore marcher, il fallait que je rassure Julien, que j'aille lui dire que j'avais compris.

Je me suis mise en route vers les bâtiments. Ils me paraissaient terriblement éloignés à travers la brume opaque de mon ivresse. Je faisais de folles embardées.

À un certain moment, même, je suis tombée assise dans une table de poireaux et j'ai brisé beaucoup de tiges avant de pouvoir me remettre debout. Les pousses vertes s'écrasaient sous mes mains maladroites en les aspergeant d'un liquide fort comme celui des oignons et qui me faisait pleurer.

La cour immense comme le Sahara ! La 2 CV dont les vitres miroitaient sous le préau ! Les cabinets alignés contre le mur, avec leur toit bas et leurs portes démantelées !...

— Julien !

Je criais avec le nez. J'entendais ma voix et c'était exactement une voix de femme soûle.

Regarder en direction du premier étage constituait un véritable exploit, car cela me faisait chavirer la tête et compromettait plus férocement encore mon équilibre.

— Julien !

Cela donnait. : « Nunien. » Je le vagissais.

— Que lui voulez-vous ?

Marthe à sa croisée, derrière ses pots de géraniums. Marthe, permanente, attentive, campée dans son chagrin comme un capitaine de navire sur son bateau en train de sombrer. Marthe qui savait cacher sa honte, cacher sa haine, Marthe qui (elle l'avait dit) continuait, coûte que coûte !

— Je veux lui dire…

— Quoi ?

— Que j'ai compris, le vin.

Je hurlais. Elle s'est retournée. Julien était sans doute dans la pièce. Il a dit quelque chose que je n'ai pas distingué, mais que Marthe m'a traduit :

— Il vous remercie.

— Et vous, vous avez compris ?

Elle s'est retirée de la fenêtre.

— Je suis complètement soûle ! ai-je poursuivi. Complètement ! Je vais aller boire encore l'autre bouteille.

J'y suis allée. Je n'ai pas dû la finir, car, lorsque je me suis réveillée, le lendemain, il y avait une grande tache de vin sous ma tente. Tout de suite j'ai cru que c'était une tache de sang.

C'est le ronron de la voiture qui m'a tirée de l'inconscience. J'avais mal à la tête, mais pas trop, et excepté un affreux vide au creux de l'estomac, le réveil s'opérait bien.

L'air frais m'a tout à fait revigorée. Je suis sortie. Des lambeaux de nuit traînaient encore dans les creux et entre les maisons ; mais le clocher plongeait dans le soleil et son coq de fer brillait orgueilleusement.

La 2 CV étique, sorte de rossinante automobile, manœuvrait pour sortir du préau.

J'ai couru hors du jardin et je suis intervenue au moment où elle allait franchir le portail. Julien se tenait seul au volant.

— Vous partez ? ai-je balbutié, terrifiée soudain à l'idée qu'il nous quittait peut-être pour de bon, elle et moi.

Il a relevé le volet vitré et l'a bloqué d'un coup sec de la main.

— Tu veux venir avec moi ?
— Où ?
— À la chasse.
— À la chasse ?
— Monte !

Je l'ai rejoint. C'était la première fois que je montais avec lui dans cette voiture. Il y flottait une odeur bizarre. L'intérieur de l'auto sentait l'école, les lapins, et puis aussi Marthe. Sur la tablette fourre-tout du tableau de bord, j'ai aperçu une foule d'objets « de première nécessité ».

— Comment te sens-tu, collègue ?
— Pas tellement mal. J'ai dû dormir douze heures. Je suis assommée.

Lui, au contraire, était tout frais. Il s'était soigneusement rasé et il avait encore du savon à barbe sur le lobe de l'oreille.

— Tu vois, dit-il, rien ne s'est passé.
— Vous pensiez qu'elle tuerait l'un de nous, hein ?
— Oui.
— Et pour lui laisser toute liberté, vous avez voulu que nous nous soûlions !
— Elle a eu le champ libre, une nuit entière. Je lui ai laissé sa chance. Nous étions inconscients, toi et moi, livrés à elle corps et âmes.
— Et maintenant ?
— Maintenant, on continue. C'est une femme de bon conseil, Françoise. Je suis M. Avène, tu es Mlle Cassel. Deux collègues dont l'un est le supérieur de l'autre.

Je ne savais pas où il voulait en venir. J'avais besoin qu'il me prenne dans ses bras. Je désirais sa bouche et sa chaleur, sa force nerveuse.

— Vous m'effrayez, lui dis-je.

— Faut pas, collègue.

— J'ai la certitude que…

— Que quoi ?

— Que vous préparez quelque chose.

Il a viré nerveusement sur la place du village et a stoppé devant le *Café de la Mairie*.

— Viens, on va boire un café, ça finira de nous retaper.

La patronne a été éberluée par notre arrivée matinale. Je me suis aperçue dans la glace du comptoir et j'ai eu peur. J'étais verte, avec des lèvres décolorées et les cheveux en broussaille.

— Je n'ai pas fait de toilette ! J'ai dormi avec ces vêtements-ci.

— Et alors ? Puisque tu es belle et puisque je t'aime, qu'est-ce que ça peut foutre ? Je t'aime bien avec ce chemisier chiffonné. Tu es belle.

Nous avons bu le café au comptoir. Je ne cessais de le détailler à la dérobée. Je n'arrivais pas à m'habituer à son nouveau visage.

La tenancière, elle non plus, n'en revenait pas.

— Vous avez coupé votre barbe, Monsieur Avène ?

— Confidentiellement, oui !

— Ça vous va mieux comme ça.

Elle a rougi et a bredouillé :

— Vous faites beaucoup plus jeune !

Elle pensait à Marthe. Ça se lisait en caractères d'affiches sur son visage naïf. Julien soufflait sur son café trop chaud.

— J'avais l'air d'être le fils de ma femme ; maintenant j'aurai l'air d'être son petit-fils, vrai ou faux ?

Nous sommes repartis côte à côte. Sa hanche frôlait la mienne et il le faisait exprès. C'était déjà de l'amour.

— Les gens nous regardent, ai-je balbutié. Ils flairent quelque chose.

— Tant mieux. Qu'ils reniflent ! Qu'ils s'excitent ! C'est bon d'exciter les autres.

— Ne dites pas ça.

— Ça t'ennuierait de me tutoyer ?

— Plus tard.

— Parce que tu te figures que nous aurons un plus tard, Françoise ?

— Oui, ai-je répondu résolument. Oui, Julien. Il le faut bien.

Il s'est arrêté devant sa voiture, surpris.

— C'est vrai qu'il le faut bien ! C'est vrai ! Comme les femmes résument bien les situations apparemment embrouillées. Il le faut bien, voilà tout !

— Où allons-nous ?

— À la chasse, t'ai-je dit.

Il a repris sa place au volant. Il conduisait mal, comme un homme qui se sert très épisodiquement d'une auto. Le véhicule avait des hoquets, surtout au démarrage, ses coups de freins m'envoyaient régulièrement dans le pare-brise.

Au lieu de descendre vers la vallée et le Rhône, il a pris des chemins sinueux qui traversaient d'abord les vignes avant de livrer assaut à la montagne.

Le jour devenait sans cesse plus chaud, plus lumineux. On voyait danser la chaleur en rond au milieu des routes blanches.

Julien ne m'avait pas encore embrassée. Il n'y songeait même pas. Il détaillait le paysage comme un officier d'état-major préparant des manœuvres. Je n'allais pas tarder d'apprendre que c'était effectivement des manœuvres qu'il organisait ce matin-là.

Nous avons parcouru des kilomètres et des kilomètres. Le paysage se faisait de plus en plus aride et désolé.

— Mais où allons-nous ?

— Au diable, Françoise ! Tu vas voir.

Nous atteignions le bas d'une colline. Un sentier aux ornières profondes filait vers un ruisseau bordé d'arbres. Ce sentier était jalonné de troncs d'arbres, coupés depuis fort longtemps déjà et dont personne n'avait encore pris livraison. Julien s'y est engagé, puis, après un détour qui nous isolait du chemin principal, il a obliqué dans un pré et a coupé le moteur.

L'épais silence de la nature n'était troublé que par le bruit du ruisseau et le zonzonnement des insectes. Ces sons ne le troublaient pas, en fait, mais l'accompagnaient plutôt. Ils convenaient à la qualité de cette paix.

— Tu vois, Françoise, le bon Dieu, eh bien, c'est ça !

D'un geste circulaire il m'a désigné le paysage sec, le ciel, les arbres…

— Il n'est pas dans les temples, il est là ! Et quand nous nous arrêtons au milieu de cette magnificence, nous sommes aussi le bon Dieu.

Il m'a pris à l'épaule et je me suis laissée aller contre lui, enfin comblée par ce geste si simple.

— Embrasse le bon Dieu, Françoise, tu n'as que trop tardé à le faire !

Il m'a pressé si fortement les lèvres que ses dents ont écrasé mes gencives. Un goût de sang s'est répandu dans ma bouche et il est venu le cueillir, avec cette étourdissante voracité de fauve qui me faisait trembler.

Nous sommes restés près d'une heure dans l'auto, à nous étreindre avec une merveilleuse maladresse. Julien, en amour, était un gamin inexpérimenté et brutal. C'était avant tout cette passion fougueuse qui constituait sa vraie jeunesse.

Quand il est sorti de l'auto, il a contourné le véhicule et il est venu m'embrasser à l'autre portière.

— Françoise, m'a-t-il dit en saisissant mes cheveux à pleines mains, il y a une chose dont je suis sûr, c'est qu'il est impossible d'aimer davantage une femme.

Il a fermé à demi les yeux.

— Quand le rideau se lève, un homme est seul en scène. Il ne bouge pas, il ne dit rien. Mais le public attend. Le public sait qu'il va se passer quelque chose. Il a confiance : quelqu'un va entrer qui sera l'aventure de l'homme. Et ce quelqu'un ce sera la femme ! Parce que l'aventure, la seule aventure de l'homme, ce ne peut qu'être la femme ! Je t'aime, ma belle aventure. Je regrette de n'être que ce que je suis. Dieu doit avoir honte de nous avoir permis des sentiments si beaux dans des corps si mesquins.

Il m'a encore embrassée, puis il est allé ouvrir le coffre de l'auto, il en a sorti une paire de bottes de caoutchouc, des gants de peau, une boîte à poissons en zinc, au couvercle percé de trous, et enfin des pincettes de cheminée, en cuivre jaune.

Il a chaussé les bottes, enfilé les gants, et mis les pincettes dans sa ceinture de cuir, comme une épée dérisoire.

— Où vas-tu, Julien ?

Cet attirail hétéroclite m'impressionnait.

— Attends-moi ici.

— Non, dis-moi.

— Je ne peux pas, Françoise. Au nom de notre amour, ne me pose pas de questions.

Il est parti à grandes enjambées dans le champ

roussi. L'herbe rase, rêche comme les poils d'un tapis-brosse, crissait sous ses semelles de caoutchouc.

Julien dévalait en direction du ruisseau. Je suis descendue de l'auto et je me suis avancée dans le pré.

Pas trop loin pourtant, car j'avais peur des serpents.

Ç'a été un trait de lumière.

Julien ne m'avait pas menti : il allait bien à la chasse. À la chasse aux vipères. Je n'osais comprendre. Tout se brouillait dans ma tête.

Je le voyais avancer prudemment, au bord du ruisseau.

Il allait à pas feutré, courbé en deux, les pincettes de cuivre à la main. Il s'est éloigné, lentement, de son allure onduleuse, qui, déjà, était celle d'un reptile. Des buissons de vernes me l'ont masqué. J'ai regagné l'auto et me suis assise sur la route, le dos calé contre une roue arrière du véhicule. Il n'y avait que l'auto, à cet endroit, qui puisse m'offrir un peu d'ombre. Son odeur d'essence et de caoutchouc brûlé attisait mon mal de cœur sournois. La tête me tournait un peu, à cause de la chaleur. Et puis l'amour m'avait meurtrie.

Soudain, j'ai vu Julien, très loin, qui faisait un bond pour s'éloigner du ruisseau. Je distinguais nettement le serpent qui se trémoussait au bout de ses pinces. J'ai cru que j'allais vomir de répulsion. Cette capture m'était insupportable. Il s'est débattu un moment avec sa prise. Il devait avoir du mal à faire entrer la vipère dans le seau à poissons. Mais il y est parvenu enfin, et je l'ai vu revenir vers moi, avec un air triomphant qui m'a fait mal.

Il tenait son seau, bien d'aplomb au bout de son bras gauche. Un bruit hideux en émanait. Un bruit souple et glissant de reptile en fureur. Je m'efforçais de ne pas penser à cet abominable grouillement d'anneaux.

— Tu m’as vu l’attraper ? m’a-t-il demandé.
— Oui.
— Ce n’est pas facile. Celle-ci était lovée au soleil contre une souche. Le temps de brandir mes pincettes et elle filait déjà en direction de l’eau.
— Julien, j’ai peur.
— Ne crains rien. Tu vois, ce couvercle est à système, il est impossible que la vipère s’échappe.
— J’ai peur tout de même.
— Bien sûr, c’est fatal.
— Pourquoi as-tu capturé cette vipère ?
Il m’a regardée droit dans les yeux.
— Tu t’en doutes bien.
Je faisais mieux que me douter. JE SAVAIS.
— Tu ne peux pas faire ça !
— Je le ferai, pourtant. Nous lui avons laissé sa chance cette nuit et elle ne l’a pas voulue. À nous la nôtre, maintenant…
— Mais, Julien, mais c’est impossible !
— Laisse-moi faire. Ne pose pas de questions. Tu n’es au courant de rien. Tu vis et tu m’aimes. Tu obéis. Voilà, c’est simple. Le reste m’appartient.
Il a remis son attirail dans le coffre et nous avons pris le chemin du retour. Parfois, j’entendais la vipère fouetter de sa queue les parois de la boîte en zinc. À d’autres moments, parce que je ne l’entendais plus, je m’imaginais qu’elle avait réussi à s’échapper et je croyais sentir son contact glacé contre mes jambes. Je sursautais comme on sursaute la nuit pour fuir un cauchemar.
N’en était-ce pas un ?

CHAPITRE XII

J'ignore où Julien cacha la vipère, mais au cours des jours qui suivirent, je n'entendis plus parler du reptile. Il demeura terriblement présent, pour moi, et je crus le découvrir à chaque pas. Lorsqu'un insecte me frôlait, je poussais un cri, ou bien si une touffe d'herbe était secouée par le vent, je demeurais longtemps hypnotisée.

De quelle façon Julien comptait-il l'utiliser ? Je me mettais l'imagination sens dessus dessous. Pour qu'elle fît son office, il fallait que Marthe se trouvât loin de tout secours. Cela ne semblait guère aisé. C'était un meurtre. Un meurtre prémédité, mais un meurtre parfait. Je n'éprouvais pas de scrupules, et ceci pour une raison bien simple, *c'est que j'avais été mordue moi-même par une de ces affreuses bêtes*.

Donc, puisque j'avais subi ce danger, puisque j'avais vécu cet instant infernal, Marthe pouvait le subir à son tour.

Avec le recul, je m'explique mal d'ailleurs ce raisonnement tortueux et absurde ; mais je sais que sur le moment, il était aussi éloquent pour moi que la lumière du soleil.

Le soir de la chasse aux vipères, il y eut un gros

orage. Nous eûmes du tonnerre pour la première fois de l'année. Et, aidée de Julien, je rentrai en vitesse mon matériel tandis que des trombes d'eau se déversaient sur nous.

Dans le fond, je fus contente de réintégrer mon logement. J'éprouvais le besoin de me rapprocher de Julien. La pensée que j'étais sous le même toit que lui, et que deux maigres cloisons seulement nous séparaient, me fit du bien.

Il vint me voir, le soir, mais ne resta pas. Il ne m'embrassa pas et ne me dit que « bonne nuit » au moment de me quitter. Les quelques minutes qu'il passa dans ma cuisine, il les employa à me fixer, de son regard intense. Il remuait les lèvres à vide, comme le matin de son départ, quand il m'avait aperçue embusquée derrière la buée de ma croisée.

Trois jours s'écoulèrent. Des jours malades, avec des ondées, des éclaircies, du tonnerre sec et une pesanteur d'air presque insoutenable. Je ne sortis pas, me nourris de conserves et d'eau fraîche en attendant les furtives visites de mon amant.

Il entrait rapidement, s'arrêtait à deux pas de moi et me contemplait. Il avait besoin de recharger son énergie. Il réchauffait sa volonté à mes yeux et s'en allait, comme il était venu, après un rapide « à bientôt, mon amour ».

La radio marchait sans arrêt chez eux. Ils devaient avoir besoin de recevoir l'univers dans leur appartement pour détendre l'atmosphère.

Je regrettais la durée des vacances de Pâques. Si au moins les classes avaient repris, nous aurions été, les uns et les autres, soutenus par nos habitudes, distraits par les gosses. Mais de longs, d'interminables jours nous séparaient encore de la rentrée. Notre drame triangulaire était bien à nous. Il fermentait dans la grande école vide et pourrissait notre raison.

Au matin du quatrième jour, Marthe, que je n'avais pas revue depuis mon ivresse, reparut. Elle entra dans mon appartement après avoir toqué ainsi qu'elle le faisait jadis.

Sa figure avait repris sa couleur et son relief d'avant. Mme Avène avait réintégré son peignoir rose et elle avait sur la bouche deux virgules ridicules faites avec un rouge à lèvres d'épicerie.

Son expression restait impénétrable. Elle oscillait entre la courtoisie et l'ironie souriante.

J'eus un pincement au cœur. Je sus que c'était pour ce jour-là.

— Bonjour, mademoiselle Cassel.

— Madame.

— Je viens de la part du Grand-Maître-Tout-Puissant vous proposer un pique-nique !

Mon instinct ne m'avait pas trompée. C'était bien pour ce jour-là.

Le mot pique-nique était si drôle dans la bouche de cette vieille dame, étant donné la situation, que je ne pus me retenir de rire.

— Je vois que vous avez la même réaction que moi, dit-elle, mais avec NOTRE Julien il ne faut s'étonner de rien. Voyez-vous, mademoiselle Cassel, je ne voudrais pas vous en dégoûter par des moyens inélégants, mais par instants je me demande s'il jouit de toutes ses facultés.

— S'il était fou, j'aimerais sa folie comme vous l'aimeriez vous-même, madame Avène.

Elle a fermé un court instant les yeux.

— Je crois que je vous déteste un peu moins, maintenant que je sais qu'il vous aime tant, murmura-t-elle.

Puis, après avoir toussé pour s'affermir la voix :

— Alors c'est dit ? Nous partons folâtrer à travers champs ?

— Entendu.

— Alors c'est dit ? Nous partons folâtrer, manie de la cuisine, vous savez bien !

*

* *

Il y a des gens qui mettent cinquante ou soixante ans à vieillir. Moi je crois que je suis devenue vieille ce jour-là.

Vieille pour tout de bon.

Vieille pour toujours.

J'étais à l'arrière de la 2 CV. Ce siège, dans ces voitures, est surélevé par rapport à celui de l'avant, aussi avais-je une perspective plongeante du couple Avène qui me donnait à méditer. Jamais Julien n'avait eu l'air plus jeune. Jamais Marthe n'avait semblé plus vieille. Nous roulions tous les quatre par des chemins cahotiques. Tous les quatre : Marthe, Julien, la vipère et moi.

Car si je n'avais pas vu la boîte de zinc dans le chargement, je devinais néanmoins la présence du reptile à son bruit. Depuis quatre jours il devait se démener dans sa cage métallique, nouer et dénouer ses anneaux, se cogner aux parois arrondies du récipient, darder sa langue fourchue vers les trous du couvercle. Comment se faisait-il que Marthe n'entendît pas ce malaxage écœurant ? Il est vrai que la 2 CV grinçait de toutes parts.

Nous roulâmes très longtemps – plus longtemps que le jour de la capture – et plus loin, dans des contrées plus désolées.

La suspension trop souple jouait avec moi et je rebondissais sur le siège comme une balle empennée sur une raquette.

— Tu penses aller loin, comme ça ? questionna Marthe qui n'avait pas encore parlé.

Comme il ne répondait pas, elle eut cette question sibylline :

— Ce n'est donc pas suffisant ?

Je surveillais Julien dans le rétroviseur. Parfois nous échangions un long regard passionné dans l'étroit miroir. Il leva les yeux sur moi, après que sa femme eut fait cette réflexion. Il était grave, tendu.

— Comme tu voudras, Marthe.

— Oh, moi… Je veux ce que tu veux, tu le sais bien !

Comment les choses allaient-elles se passer ? C'est cela le « suspense » : savoir qu'un événement grave va se produire, mais ignorer de quelle façon.

L'auto ballottait maintenant dans un chemin creux qui était plutôt une piste due aux passages de nombreux charrois. Elle allait en direction d'un bois rasé naguère par des papeteries et qui était devenu une sorte de bocage composé d'arbousiers, de chênes nains et de lantisques.

— Nous serons bien ici pour pique-niquer, a fait Julien.

La scène était irréelle ; et elle était irréelle parce qu'elle était fausse de bout en bout. La situation, les personnages, leurs paroles et le ton sur lequel ils les proféraient étaient faux. Nous jouions à être forts, à ne pas avoir peur, à nous dominer.

— Tu veux que je déballe les paniers, Julien ?

— Si tu veux, Marthe.

J'ai frémi. Elle allait peut-être trouver la vipère ? Ouvrir cette boîte où grouillait le reptile ? Mais alors la vipère ne la mordrait pas fatalement !

— Voulez-vous m'aider, mademoiselle Cassel ?

Je grelottais de frousse. Mais à ma grande stupeur le coffre ne contenait que les cabas à provisions, la roue de secours et la boîte d'outils.

Julien avait peut-être logé le serpent sous l'une des banquettes ?

J'ai regardé, discrètement : il n'y avait rien sous les sièges. Je n'avais entendu les soubresauts du reptile qu'en imagination.

Rassurée, j'ai aidé Marthe à disposer les victuailles sur une grande toile cirée réservée à cet usage.

Nous ne nous regardions pas. Je me sentais confusément déçue. Ce n'était qu'un pique-nique. Et je n'avais pas envie de pique-niquer dans cette atmosphère déprimante. Je n'avais pas envie de recevoir une aile de poulet froid des mains de la femme de mon amant.

Et cependant le repas a eu lieu.

Le plus sinistre qu'il me soit arrivé de prendre. Pendant la moitié du festin, personne n'a soufflé mot. Chacun évitait de regarder les deux autres et nous n'entendions que le bruit de nos déglutitions.

Puis Julien a commencé de parler. Il l'a fait avec effort, après avoir eu plusieurs élans avortés.

— Françoise... Cela vous ennuierait de... de demander votre changement ?

Marthe n'a pas relevé la tête, mais j'ai vu que ses gestes s'enlisaient. La question de mon amant aurait pu sembler inquiétante, mais pas un instant elle ne m'a troublée. J'ai tout de suite compris qu'elle faisait partie du plan tortueux, mis au point par Julien.

Il tenait à ce que ce plan se déroulât minutieusement et, la preuve, c'est qu'il ne m'avait pas mise en garde contre ses paroles. Il voulait laisser à mes réactions toute la spontanéité.

— Immédiat ? ai-je murmuré au bout d'un temps de réflexion.

— Oui, immédiat. À tous les points de vue, Françoise, je pense qu'il vaut mieux que nous ne soyons plus dans la même école.

— Sûrement.

Marthe ne disait toujours rien. Elle devait se demander s'il était sincère. Elle trouvait ça louche et attendait la suite avant de se faire une opinion.

— Je vous le dis devant Marthe, j'irai vous voir lorsque vous serez ailleurs. Mais nos relations n'auront plus ce caractère gênant qu'elles ont maintenant, vrai ou faux ?

Une de ses expressions favorites : « Vrai ou faux ? » Il n'y avait que lui pour prononcer ces trois mots sur un ton aussi percutant.

— Vrai, Julien.

— Si cet état de choses continuait, les Martiens finiraient par s'apercevoir de quelque chose. Ces diables-là ont un flair de renard. Et alors notre boulot deviendrait impossible.

Un temps. Il se tourna vers sa femme.

— Ton avis, Marthe ?

— Je n'ai pas d'avis. Du moins qui soit exprimable en ce moment.

Il n'insista pas.

— Dès demain nous irons à l'Académie, vous et

moi. Nous mettrons au point un beau mensonge pour ces messieurs afin que la mutation s'opère au cours de ces vacances, d'accord ?

— D'accord !

— C'est tout ce que j'avais à vous dire. D'où ce pique-nique. Une réunion chez l'une ou l'autre, ce n'était pas envisageable. Il fallait un terrain neutre, vous comprenez ?

Ni elle ni moi n'avons eu la moindre réaction. Moi, j'attendais autre chose. Marthe réfléchissait. Elle avait l'air de croire son mari. Elle soupesait la proposition.

Il y eut toute une période d'un silence épais, au cours de laquelle je ne perçus même plus le pépiement des oiseaux.

Il faisait chaud, mais sans excès, et des nuages gris, reliquat des derniers orages, flottaient dans le ciel bleu comme des ballons captifs.

Marthe achevait de ranger le matériel et les reliefs du repas. Je n'avais pas osé lui proposer de l'aider. Agenouillée sur la toile cirée, elle opérait lentement, avec une minutie de parfaite ménagère. Elle enveloppait le saucisson dans du papier d'étain, remettait le reste du poulet dans une boîte en matière plastique, plaçait le pain dans un torchon propre…

Julien avait relevé le capot de la 2 CV et fourrageait dans son moteur. Je me dis que ce sont les gens qui se servent le moins de leur auto qui trouvent le plus de choses à faire dessus.

Et alors ça s'est produit. Mais pas du tout comme je l'avais imaginé au début de la journée. Il revenait vers nous, sa sinistre boîte à pêche à la main, un peu cachée par sa jambe droite. Il avait lié une ficelle au rabat assurant la fermeture du récipient. Et il me regardait en marchant. Ses yeux imploraient mon calme. Il était glacé, un peu pâle, avec les mâchoires crispées, mais il faisait ce qu'il voulait faire et rien n'eût pu l'empêcher de le faire.

Il s'est arrêté derrière sa femme. Il a levé la boîte au-dessus de Marthe, en la tenant au bout de son bras gauche, légèrement inclinée. Puis, de la droite, il a tiré la ficelle.

Mon cœur éclatait. Ses battements fous devaient s'entendre à des kilomètres de là. Marthe était-elle donc devenue complètement sourde pour ne pas être affolée par sa clameur !

J'ai vu le couvercle se soulever. Une chose remuante, nouée, gluante, a coulé de la boîte. Elle est tombée sur les épaules de Marthe, s'est maintenue à son cou, s'est déroulée d'un trait, puis a glissé sur la toile cirée.

J'ai hurlé ma terreur et je suis partie en courant.

Je ne sais plus si Marthe a crié. Je n'ai rien entendu. Elle venait de se relever d'une détente et se tenait le cou. Elle était livide.

Julien, lui, criait, tempêtait. Il s'acharnait à coups de talons sur le reptile. La longue queue de l'animal fouettait son pantalon de velours. Avène criait des invectives au serpent. Cela lui permettait de récupérer, de surmonter l'affolement qui devait le gagner aussi.

Enfin la vipère a été morte. Elle continuait pourtant de se tordre sur la toile cirée.

— Elle ne t'a pas mordue, au moins ? a-t-il demandé à Marthe.

Marthe gardait toujours sa main sèche sur son cou.

— Je crois que si.

Elle fixait la boîte de zinc jetée dans l'herbe.

Cette boîte était terriblement accusatrice.

— J'arrivais avec ma boîte pour…

Il ne savait que dire. Il s'est arrêté.

— Et puis je…, j'ai vu cette vipère…

— Elle prenait son élan pour me sauter dessus ? a demandé Marthe.

Ce qui était hallucinant, c'était son calme. De nous trois, elle était la seule à demeurer lucide et maîtresse d'elle-même.

— Mais je…

— Oh ! ne te donne pas, en plus, le mal d'inventer des histoires en ce moment. Je suppose que tout cela a dû t'être assez difficile, MON PAUVRE JULIEN !

Elle n'enlevait toujours pas sa main de son cou. J'admirais son courage.

— Tu es gentil, tout de même. L'histoire de la mutation de poste juste avant, histoire de me donner un peu de bonheur avant de me tuer… Merci quand même, Julien. Merci…

— Marthe ! Non !

Je me suis approchée.

— Montrez votre morsure !

Elle m'a regardée, sans haine, froidement. Puis elle a ôté sa main. On voyait une petite tache violacée à son cou, juste sous l'oreille et, au beau milieu de cette tache, un trou rouge aux lèvres duquel perlait une goutte de liquide écœurant.

— On ne peut pas m'entamer le cou, a-t-elle dit. Et comme aucun de vous deux n'aspirera le venin…

Elle savait cela aussi ! Sans doute nos élèves lui avaient-ils raconté l'incident.

Julien a détourné la tête. Il serrait les poings. C'était à lui qu'il en voulait. Tout s'était déroulé comme il l'avait souhaité, mais une seule chose échappait à son contrôle : le comportement de Marthe !

Si elle avait eu peur, tout eût été tellement facile. Au lieu de cela, elle était tranquille. Elle dominait.

J'ai fermé les yeux.

— Madame Avène, laissez-moi faire, je vais sucer la plaie.

Je me suis avancée vers elle. J'étais prête au sacrifice. Malgré ma répulsion indicible, j'allais aspirer le venin. Mais comme j'arrivais à elle, elle m'a giflée. Très fort. J'ai cru que ma tête allait rouler dans l'herbe.

— Marthe ! a hurlé Julien.

Marthe l'a foudroyé du regard. Et il s'est tu, calmé. Je me frottais la joue en regardant le reptile mort. Il ne bougeait presque plus. Il y avait encore comme de brefs frissonnements au bout de sa queue, c'était tout.

— Viens, Marthe ! On va foncer à une pharmacie.

— Tu crois ?

— Dépêchons-nous. Il faut faire vite.

— Tu arriveras trop tard…

— Mais non. Nous ne sommes qu'à trente kilomètres du prochain village. Allez, viens vite !

Elle a hésité, puis elle s'est dirigée vers l'auto. Cette fois elle est montée derrière et c'est moi qui ai pris sa place devant aux côtés de Julien.

CHAPITRE XIII

Julien pilotait à fond de plancher. Si la tenue de route de la voiture n'avait pas été aussi parfaite, cent fois nous nous serions écrasés contre les rochers bordant la route encaissée.

Je ne disais rien. Maintenant, je me sentais apaisée. Cette gifle de Marthe avait calmé mes nerfs et endormi mes remords.

Je me retournais pour la regarder. Elle se tenait blottie dans l'angle du véhicule et gardait son mouchoir en tampon sur la morsure.

Nous arrivâmes à une intersection de chemins. Celui de gauche ralliait des régions plus civilisées, celui de droite, au contraire, s'enfonçait dans un sous-bois inquiétant.

Sans hésiter, Julien prit à droite. Je me tournai vers lui, il le sentit et resta avec le menton pointé face à la route.

Je regardai alors Marthe. Elle aussi avait remarqué l'erreur de direction. Son regard s'était avivé. Il était lourd et accablant, chargé d'un tel mépris que j'eus mal.

Julien roula encore une centaine de mètres sans que nous parlâmes. Puis il bougonna.

— Je me suis trompé.

Il freina alors et voulut virer sur le chemin raviné pour faire demi-tour. Il manœuvrait avec une application maladroite. La roue de droite de la 2 CV affleurait la ravine.

La pente était assez douce et plongeait vers des sapins. La roue patina, la voiture fit une queue de poisson et Julien piqua résolument dans la pente. Je me mis à crier. Je savais pourtant que nous ne craignions rien. La déclivité n'était pas assez forte pour faire se retourner la voiture. Notre vitesse était modérée, et même si nous percutions un arbre, cela ne pouvait être très grave. Pourtant j'avais peur. J'avais peur parce que cet accident était volontaire. Je réalisais le but de Julien. Il voulait mettre l'auto hors d'usage, *d'une façon naturelle*, afin que nous ne *puissions pas* emmener Marthe vers le sérum sauveur.

La petite auto dansait sur les fondrières. La terre de bruyère s'éboulait sous son poids. Nous fauchions des touffes de genêts et des branchages menus lacéraient la carrosserie. Marthe ne disait rien. Cela me parut durer un temps infini ; et puis il y eut un choc très violent, mais auquel je m'étais préparée en m'arc-boutant le plus possible. La voiture percuta un sapin. Je vis son capot s'écraser et le sapin avancer jusqu'à quelques centimètres du pare-brise qui, je ne sais pourquoi, n'éclata pas. Je m'étais cogné la tempe au montant de la voiture et je sentais croître une bosse sur ma tête.

— Catastrophe ! fit Julien. J'ai dérapé.

Il essaya d'ouvrir sa portière, mais celle-ci avait été faussée par la collision.

— Pouvez-vous descendre de votre côté, Françoise ? Je suis coincé ici. Personne n'a de mal ?

Personne ne répondit.

En descendant, je jetai un coup d'œil effrayé à Marthe et je m'aperçus qu'elle se tenait dans une drôle de posture. Elle avait la bouche ouverte et ses yeux dégageaient une volonté mystérieuse.

Julien voulut se laisser glisser sur le siège avant afin de sortir de mon côté, car ma porte à moi fonctionnait.

Il y eut deux détonations. De la fumée emplit l'auto. Julien fit un étrange soubresaut. Ses mains se lancèrent en avant, il rencontra le volant, actionna le klaxon en s'y cramponnant, le bref mugissement de celui-ci se répercuta dans le sous-bois. Des oiseaux au vol pâteux s'envolèrent des frondaisons.

Je ne comprenais pas. Je regardais Julien, affalé en biais sur son volant, ahanant comme un bûcheron à l'ouvrage ; puis Marthe qui tenait encore à la main un vieux pistolet d'arçon que je me rappelais avoir vu chez eux trôner parmi une panoplie de pipes.

Julien essaya de passer sa main droite dans son dos, comme pour arracher une flèche qui s'y serait fixée.

Marthe posa le pistolet à ses côtés et se mit à caresser la nuque de son mari en balbutiant tristement :

— Julien ! Oh ! Julien…

Le grand silence de cathédrale de la forêt nous engloutissait.

J'avais les pieds dans de la mousse humide. De temps à autre, un branchage mort – mort de sa bonne mort – se détachait et tombait du haut d'un arbre.

— Julien ! Julien !

Je hurlais mon désespoir. Je ne pouvais rien pour lui. Nous étions trop loin de tout. Jamais les secours n'arriveraient à temps. Il avait voulu en priver sa femme, et c'était lui que son guet-apens tuait.

Un regard de Marthe m'a fait taire. Je vis qu'ils devaient vivre seuls ces derniers instants.

Je m'assis dans la mousse spongieuse. J'entendis les balbutiements de Marthe.

— Il le fallait, mon petit. Puisque tu l'aimais jusqu'à me tuer, je ne pouvais te laisser seul avec elle. Oh ! ce n'est pas par jalousie, mais par amour. Je ne veux pas que tu sois malheureux. Elle ne t'aime pas vraiment. C'est une gamine, tu comprends ? Rien qu'une petite fille à peine plus âgée que tes élèves. Un jour ou l'autre tu te serais retrouvé seul avec ton crime... Julien ! Julien !

C'était elle, enfin, qui hurlait.

Je me suis redressée d'un bond. Julien venait de s'écrouler sur la banquette. Son visage recevait un rayon de soleil et c'est à ce moment-là seulement que j'ai remarqué qu'on voyait la trace de son ancienne barbe. À l'emplacement, cela faisait une marque pâle alors que le reste de sa figure était hâlé.

— Dites, il est mort ? Il est mort ?

J'ai passé ma main sur son pauvre visage torturé. Son front brûlant se souvenait de la vie et, sans doute encore, de nos amours.

— Oui, il est mort. Mais vous, vous ne mourrez pas, madame Avène.

Elle m'a regardée sans comprendre.

— Julien s'est trompé. Il a attrapé une couleuvre vipérine et non une vipère.

— Qu'est-ce que vous dites ?

— La vérité, je le jure. Vous l'avez tué pour rien ! Vous l'avez tué pour rien. Vous êtes une meurtrière !

« Tout à l'heure, j'ai regardé le serpent. Et j'ai vu que c'était une couleuvre. Natrix Viperinus. Je n'ai rien dit parce que j'avais hâte que nous partions. Cette scène à trois était insoutenable. Une couleuvre ! Je vous le jure ! Ah ! Ah ! même couleur, mêmes dessins que la vipère brune, mais les pupilles rondes au lieu d'être en forme de fente oblique.

Devant le cadavre de mon amant assassiné, je lui récitais un paragraphe de manuel d'histoire naturelle.

— La queue de la couleuvre se rétrécit progressivement ; celle de la vipère au contraire se rétrécit brusquement. Julien s'était trompé ! Il s'était trompé !

Je me suis mise à fuir à travers le bois, me cognant aux troncs moussus, effrayant des oiseaux, écrasant des branchages pourris.

— C'est un assassinat ! Elle n'allait pas mourir ! Elle n'allait pas mourir…

Et les échos sonores de la forêt hostile répétaient lugubrement :

— … pas mourir, pas mourir…

Pardonnez, Monsieur le Juge, la longueur de cette déposition; et excusez, je vous prie, l'incertitude des temps. Pour relater une aventure comme celle-ci, on ne peut opter pour l'imparfait, le passé simple ou le passé composé, c'est une question d'impulsion.

Je pense que vous pourrez maintenant, en connaissance de cause, instruire le procès de Madame Arène.

Julien disait :

« Au lever du rideau, un homme est seul en scène. Il ne bouge pas, il ne dit rien, mais le public sait qu'il va se passer quelque chose. Quelqu'un va entrer qui sera l'aventure de l'homme. »

Oui, il disait cela, vous vous souvenez ?

Et moi je dis :

« Au baisser du rideau, une fille est seule en scène. Elle ne bouge pas, elle ne dit rien. Et le public s'en va parce qu'il sait qu'il ne se passera plus rien. Il sait que personne n'entrera car l'aventure de la fille est terminée. »

Voilà, Monsieur le Juge : c'est tout.

Françoise Carel

Composé par Nord Compo
à Villeneuve-d'Ascq (Nord)

Achevé d'imprimer en Allemagne
par GGP Media GmbH
à Pößneck
en novembre 2012

POCKET – 12, avenue d'Italie – 75627 Paris cedex 13

Dépôt légal : décembre 2012
S22662/01